KB036517

평양골드러시

평양골드러시

제1판 1쇄 2023년 10월 16일

지은이 고호
펴낸이 이경재
책임편집 비비안 정

펴낸곳 도서출판 델피노
등록 2016년 8월 11일 제2020-000082호
주소 서울시 양천구 신정중앙로 86, 덕산빌딩 5층
전화 070-8095-2425
팩스 0505-947-5494
이메일 delpinobooks@naver.com
ISBN 979-11-91459-71-5 (03810)

평양골드러시

고호 장편소설

델피노

차례

🕊 **1부** 🕊

1장. 통일만 돼 봐라 · 9
2장. 1호 특별 지시 · 44
3장. 단둥 · 64
4장. 모략 · 90
5장. 혁명의 수도 · 100
6장. 추방 · 111

🕊 **2부** 🕊

7장. 천리마선 · 121
8장. 신양리 4통 7반 · 131
9장. 신과 인간 · 157
10장. 외양간 옆 · 165
11장. 탈북 · 175
12장. 우리의 미래 · 185

🕊 **3부** 🕊

13장. 압록강의 밤 · 197
14장. 애꾸 · 204
15장. 비둘기야 높이 날아라 · 217
16장. 일주일 후 · 225
17장. 아주 오래된 이야기 · 232

이 소설은 정치적 의도가 없는 허구이며,
대한민국 국민이 정부의 허가 없이 입북을 시도할 경우
처벌을 받습니다.

PYONGYANG

1부

GOLD RUSH

₩ 11,200,000,000

DANDONG→PYONGYANG

Tuesday, February 27, 2024

1장
통일만 돼 봐라

평안남도가 고향인 할머니는 1930년, 만석꾼 집안의 3남 1녀 중 막내딸로 태어나셨다. 세 오빠인 일억, 이억, 삼억에 뒤 이은 우리 할머니의 이름은 김, 사 자, 끝 자, 김사끝이시다. 처음엔 태동이 잦고 헛구역질이 심해서 아들인가 싶어 '사억'으로 지으려고 했으나 막상 딸이었다고. 이에 상심한 증조부께서는 아침부터 불러 모은 친척들의 등을 떠밀었다고 한다. 서른 말이나 지져 놓은 녹두지짐도 모두 마을 거지들에게 나눠주고 말이다. 수모(?)는 거기서 끝이 아니다. 오라비들을 이겨먹어 봤자 계집애 팔자만 드세다며 사억 대신에 '사끝'으로 이름 지어졌다. 딸은 그걸로 끝이라는 뜻에서.

각설하고 할머니의 집은 마을에서 제일가는 부자였다고 한다. 그러니 고래 등만 한 기와집에 관한 이야기를 빼놓을 수 없다. 보통 백 칸은 지을 수 없는 양반들이 아흔아홉 칸_{백 칸은 임금만 가능하다}을 지었는데, 증조부의 부친께서는 대범하게도 거기다 반 칸짜리 쪽방까지 두었다고 한다. 부리던 머슴들이 묵던 방까지 합하면 백 칸이 훨씬 넘는다. 물론 왕조가 저물어가던 시기였으니까 가능한 일일 것이다.

그다음부터는 할머니가 줄줄이 외다시피 한 집안 자랑이다. 어찌나 잘 살았던지 집에 오는 손님들의 눈에 띄도록 일부러 대청마루 한쪽에 뒤주를 쌀, 깨, 콩 등 종류별로 죽 늘어놓았는데 그 길이가 무려 삼 미터 남짓이었다나 뭐라나. 미제 트랜지스터 라디오는 물론이고 없으면 아쉬울 첩도 있었다. 그것도 하나도 둘도 아닌 셋씩이나. 간도 크시지. 모두 한 지붕 아래 거느리셨는데 할머니가 학교에서 돌아오면 온 집안에서는 분 냄새가 진동하였다고 한다.

"위세는 말고삐 쥔 마부가 부린다는 말, 그 말 틀린 거 하나 없다."

이팔청춘 요염한 첩들이 떡하니 별채를 한 채씩 차고앉아 같잖은 위세를 부린 것이다. 한번은 심술이 머리끝까지 뻗친 할머니가 첩들의 경대거울이 달린 서랍형 화장대를 마당에 냅다 던져 깨뜨린 일로 혼이 날 뻔도 했다고 한다. 아주 혼이 난 건 아니란 얘기다. 귀여움 받는 막내딸이었으니까.

한 번은 내가 궁금해서 여쭤봤다. 도대체 무슨 수로 부를 쌓았느냐고. 물론 거기에 대해선 이렇다 할 명확한 대답이 없으시니 나로선 모를 수밖에. 어쨌거나 태평세월은 끝 모르고 지속됐다. 마을 장정들이 들이닥치기 전까지는.

그렇다. 부리던 머슴 하나가 소작농들을 부추긴 것이다.

"아주 개 유다 같은 놈이요, 그놈이."

판공성사 안내문을 나눠주기 위해 집에 들른 성당 아주머니를 붙들고 할머니가 말씀하셨다. 생전의 일이다.

"우리 아버지가 오갈 데 없는 거 데려다가 그렇-게 맥이고 때 뱃겨 놨더니 글쎄, 은혜를 원수로 갚지 뭐요. 그 썩을 유다 같은 놈이. 성부와 성자와 성령의 이름으로 아멘."

마을에는 임진왜란 전부터인가? 수령이 오백 년이나 되는 느티나무가 있었는데, 거기에 증조부께서 버선발로 끌려가셨다고 한다. 이미 저마다의 손에는 낫이며 곡괭이, 심지어 총자루까지 들려 있었다고. 그다음, 이조시대가 끝난 지가 언젠데 두루마기가 웬 말이냐며 옷을 홀딱 벗기더니 나무에 거꾸로 매달아 원 없이 두들겨 팼다는 것이다. 그 짓이 반나절 쉴 새 없이 지속됐고 결국 숨을 거두셨다. 향년 육십 둘이셨고 할머니의 나이는,

"열일곱."

평안도 제일가는 부자가 아랫것들에게 두들겨 맞아 죽었다는 소문은 삽시간에 퍼졌다.

장례는 언감생심 꿈도 못 꿀 일이다. 멍석에 둘둘 말아 뒷산 어딘가에 묻었는데 위치가 어디인지 이제 와서 기억이 날리는 만무하고. 그로부터 두 달 뒤, 증조모까지도 화병으로 숨을 거두셨다고 했다. 딱히 지병이 없으셨던 분이 댓돌에서 신을 신다가 갑자기 쓰러져 가셨으니 화병이 아니면 뭐냐는 한탄. 하긴, 가끔씩 품을 팔러 오던 이웃 마을 돼지어미며 감히 눈도 못 마주치던 개울가집 아무개 어멈까지도 하루아침에 집안이 화를 당하자 태도가 달라졌으니 말

다했지. 그때부턴 불러도 예, 마님- 하는 대꾸도 없이 코웃음을 쳐대며 저들끼리 시시덕거리는 꼴을 봤으니 깐깐한 성정에 버티기 힘드셨을 것이다. 나라도 그랬을 것이고.

"우리 어머닌 날춘날 돌아가셨어요."

갑자기 쓰러졌다는 소식을 들었을 때 할머니는 평양고등여학교에 재학 중이었다. 물론 중도에 그만두셨지만.

"위독하단 전보 받자마자 냅다 그 길루 간다구 갔는대두…"

"임종은 지키셨어요?"

"에휴."

"왜요?"

"대문깨 들어서니까 이미 안에서 곡소리가 터집디다."

"세상에."

"이래서 부모는 자식을 기다려주지 않는구나 싶고."

"아이고, 어째요."

"어쩌겠어요. 하는 수 없지. 가신 냥반."

할머니는 쪼글쪼글한 맨발을 한 손으로 무심히 매만지며 말씀하셨다. 가끔 남 얘기하듯이 하는 할머니의 그 표정이 궁금했다. 그리움도 미련도 체념한 걸까?

"원이 있다면 나중에 통일이 돼가지고 묘나 찾아 갔으면 쓰겠는데. 그러질 못 하니까."

증조부께서 소작농들, 자칭 혁명군이라는 사람들에게 두들겨 맞아 돌아가신 뒤에 아들 셋, 그러니까 할머니의 오빠들도 화를 피하

지 못했다. 큰오빠와 작은오빠는 그날 저녁에 도망치다가 죽고, 막내 오빠는

"우리 아버지 원수 갚겠다고 반공결사댄지 먼지에 들어갑디다."

"거기가 뭐 하는 덴데요?"

"반장님두 차암. 반공 몰라요, 반공?"

"아하! 빨갱이들 잡는 데구나?"

"맞아요. 근데 그게 말처럼 쉬웠으면 김일성이부터 죽었겠지, 안 그래요? 아주 너는 너대로 나는 나대로 총질 참 많이 하던 시댑니다, 그때가. 지금 사람들은 말해도 몰라요. 우리 손주들도 내가 이런 얘기 하면 듣는 둥 마는 둥 해."

"그래서요? 막내 오빠는요?"

"몰라요. 전쟁 나가지고 그 길로 싹 다 죽었죠. 뭐."

"아이고."

"아이고는 무얼. 나 인제 다 잊었어요. 늘그막에 미련 둬서 뭐 해. 저세상 가면 다 만나지는걸. 그 시절에 사연 없는 사람이 어디 있겠어요. 다 그렇지."

말씀은 그렇게 하셨어도 혹시 남한에 내려왔나 싶어서 1983년에는 천만이산가족찾기 프로그램에도 나갔지만 헛수고였다. 조금 젊은, 그러니까 까만 머리에 단정하게 쪽을 진 할머니가 다소 활력이 남아 있는 얼굴로 막내 오빠를 찾는 모습은 지금도 유튜브 영상을 뒤져보면 잠깐씩 나온다. 시간이 좀 더 흐른 2000년 김대중 정권 때는 이산가족 상봉이 한창이라 신청을 했지만 번번이 무산됐다. 할

머니는 북한이 반공, 반공 거리던 사람을 살려둘 리가 없지 않겠냐고 울적하게 덧붙이셨다.

어쨌거나 여기까지가 '나 무시보지마라. 이래 봬도 왕년에 부잣집 딸이었다.' 라는 대외 위시용 이야기로 가족을 포함한 가까운 주변인이라면 귀에 딱지가 앉도록 들은 이야기고, 진짜배기는 따로 있었다.

"내가 살면 얼마나 살겠냐. 통일이 언제 될라나 모르겠다만서도 나 죽고 나면 너라도 한 번 꼭 다녀와라."

내 방에 걸린 55인치 벽걸이 TV와 비교하며 으레 '배불뚝이'라고 부르던 당신 방의 TV를 보며 말씀하셨다. 싸늘한 남북관계로 이산가족 상봉에도 먹구름이 드리울 거란 뉴스다. 13번(EBS) 위로 채널을 올리면 돈이 나가는 줄 알고 늘 손을 벌벌 떠시던 할머니는 힘없이 전원을 끄셨다. 그리고 마치 **모스부호**처럼 나지막하게 말씀하셨다.

"가서 금괴 찾아오너라. 금괴."

일급기밀인 양 소곤소곤 들려주는 진짜배기를 알기 위해서는 증조부께서 주무시다 말고 느티나무로 끌려가 인민재판을 받던 시점으로 다시 돌아가야 한다.

일제 부역자!

뒤 구린 지주 놈!

반동분자!

"그 후로 아주 그냥 집구석이 꼴이 말이 아니었다."

진작 한몫 챙겨 야반도주 한 첩들이야 두말할 것도 없고, 절구와 담뱃걸이는 어린 머슴이, 일제 전축과 붉은 칠을 한 오동나무 탁자장은 행랑아범이, 괘종시계와 비녀와 노리개 등 온갖 금은 패물들은 부엌데기들끼리 작당하고 나눠 가진 뒤에 도망갔다. 하다 하다 밤중에 담 넘어 들어와서는 안채 뒤꼍에 심어진 앵두나무, 모과나무도 잘라가는 사람마저 생겨났다. 그러나 해코지 당할까 봐 차마 무서워서 내다보지는 못하셨다고.

하지만 그것들은 아무것도 아니다. 지금도 이가 갈릴 정도로 가장 지독했던 건 바로 그 사달을 낸 주동자, 기껏 노비문서를 불살라 줬더니 팔뚝에 웬 빨간 완장을 차고 들이닥친 삼태란 놈이었다.

대대로 경주 김씨 집안의 노비였던 삼태는 그의 부모가 신분 해방이 된 후에도 머슴살이를 한 것에 악감정을 품고 집을 나갔다고 한다. 그러더니 한동안 눈에 뵈지 않다가 몇 년 만에 뜬금없이 나타나 한다는 소리가 평등이니 토지분배니 새로운 세상이니 하는 것들이었다. 머슴의 아들이 인민위원장이 되어 나타난 것이다. 나중에 증조부께서 나무에 매달린 채로 그 수모를 당할 때, 그 앞 나뭇등걸에 떡하니 다리 벌리고 앉아서 현장을 지휘했던 것도 다름 아닌 삼태였다. 머리에는 멋대로 집어 온 탕건이 조롱하듯 삐딱하게 씌워진 채로 말이다.

그렇게 평소에 모시던 상전을 말 그대로 때려죽인 삼태는 이어서 무리들을 이끌고 집안으로 쳐들어가 곳간을 털고 살림을 박살 냈다.

그 넓은 집안 곳곳에 삼태 무리들의 무례한 발길이 닿지 않은 곳은 없었다.

"사람이 말이야. 전생에 철천지원수가 아니고선 절대 그렇겐 못해. 못 하지."

그러거나 말거나 고대해 마지않던 순간이 왔다는 듯이 삼태 무리는 김일성 장군의 령도 아래 모두가 잘 사는 평등한 세상이 도래할 거라며 흥분하여 누비고 다녔다.

"그중엔 여자두 있었어."

"여자두요??"

"머리를 단발로 뚝 자르고 찐빵 모자를 썼는데, 아주 삼태 그건 어디서 여자두 꼬옥 지같은걸 데려와가지고는. 나더러 동무 이랬소? 저랬소? 하고 손가락질하는데, 아, 지랑 나랑 언제 봤다구 동무래?"

"빨치산이었나보네요."

"빨치산이고 빨래판이고 간에. 삼태 그것두 그래. 평소엔 아씨, 아씨하면서 눈도 못 마주치던 게 지 세상이 온성 싶으니까 아주 그냥 딴 사람이 됐어, 딴 사람이. 하이고 기가 막혀서."

"그야말로 삼태의 난이네요."

그렇게 집안을 쑥대밭으로 만들고 모두 돌아간 다음, 증조모께서는 망연자실해서 땅을 치고 통곡했지만, 할머니는 남몰래 안도의 한숨을 내쉬었다고 한다. 이유인즉슨 놈들이 끝내 건들지 못한 것이 하나 있었기 때문이다. 바로 앞서 말한 금괴.

"우리 아버지가, 그러니까 인찬이 너한텐 증조부시다. 그 냥반이 생전에 노상 하시던 말씀이 계셨다. 자고로 사람은 살면서 난을 세 번 겪는단다, 세 번. 생전에 한일합방 겪었지, 나라 절딴나는 거 두 눈 뜨고 겪었지. 그럼 남은 하나는 뭐냐? 천지가 바뀌는 일이랜다."

"천지가 바뀌는 일이요?"

"윗물과 아랫물이 서로 팔자가 바뀔 일만 남았다, 이 말이지. 안 그러냐? 그러면서 식구들 다 자는 야삼경에 혼자 땀 뻘뻘 흘리면서 마당에 금괴를 묻고 있지 뭐냐. 내가 오줌이 마려워서 일어났다가 봤다, 그걸. 짱짱한 고무로 된 가방에다가 금덩이를 이만큼 쑤셔 넣고는 그 위에다 시뻘건 황토 흙을 척하니 얹더라고. 딴딴하게 묻을라 그랬나 어쨌나. 왜 하필 종이돈이 아니구 금괴였느냐? 종이돈은 언제구간에 화폐가 저기(개혁) 되면 그래 버리니까(휫짓 조각 되니까) 그런 거지(금을 묻은 거지). 니 증조부가 아주 머리가 비상한 분이셨다. 니가 경찰에 떠억 하고 붙은 것두 다아 증조부 머릴 닮아서 그런 거야. 좌우지간 그때 땅에 묻은 게 아마…"

할머니는 두 팔을 벌려 양을 가늠하셨다. 점점 그 폭이 커지더니 족히 사과 한 박스쯤 되는 사이즈였다. 그렇게나 많이??

"무슨 소리? 이보다 더 많지. 우리 집이 얼마나 부자였는데."

"다른 자식들은? 아무도 몰라요?"

"다 죽고 없는데 누가 있어? 나 말고?"

"첩들은요? 그쪽엔 자식이 없었나?"

"넋 빠진 소리하고 있네. 본처 자식하고 첩 자식하고 같냐?!"

버럭하시는 어조엔 마치 오늘 아침 일처럼 분노가 생생하게 묻어났다.

"도망치면서 뭐라도 양껏 집어갔으니 그걸로 먹고 살았겠지. 어딜 금괴에 눈독을 들여! 인두껍을 쓰고 양심이 있어야지. 자고로 조강지처는 집안을 일으키고, 첩년은 평지풍파를 일으킨다고 했다. 할미 말 필히 가슴에 새기구 살어. 패가망신 안 할라면."

그러다 말씀은 논지를 벗어나 간통죄 폐지로 상간남녀가 판을 치는 요즘 시대를 개탄하셨는데, 어쨌거나 그 후로 할머니는 한시도 그 금괴를 잊은 적이 없다고 하셨다. 하루아침에 가난한 집 맏며느리로 살기엔 이미 금지옥엽으로 살아온 시절이 너무나 또렷했을 테니까. 아무 연고도 없는 남쪽으로 피난을 오면서, 아들을 낳기까지 딸만 내리 다섯을 낳았다고 구박을 받으면서, 자식들 육성회비를 낼 돈이 없어 학교에 불려가는 길에서, 경로당에서 혼자 개량한복을 맞춰 입지 못해 따돌림을 당할 때 등등. 사는 게 녹록지 않을 때마다 입버릇처럼 말씀하셨다.

통일만 돼 봐라! 우리 아버지가 묻어둔 금괴 찾으러 갈 거다!

"이제 자손이라고 누가 있겠냐. 친손주인 너희들밖에 더 있냐."

옛날 분이시다 보니 일단 외손은 차치하더라도 사실 주어도 처음엔 '친손자'였다. 물에 술 탄 듯 술에 물 탄 듯하던 인지가 고등학교에 입학할 즈음이었나? 돌연 남녀평등 부르짖고 툭하면 차별받아 서럽다고 악다구니 쓰기 시작하자 그때부터 질려버려서인지 할머니는,

"평등은 옌장 맞을! 저것이 병술년 동짓달에 쳐들어온 삼태놈이
랑 똑같은 소릴 하네. 하이고 지겨운거! 오냐, 이년아, 인심 썼다! 너
도 반 띠어 가져라!"

"진짜지, 할머니?!"

"그래라! 그래!"

"아싸!"

"하기사 옛말에 못난 소나무가 선산 지킨단 말도 있다더라. 깔깔.
내 강아지."

하고 그냥 '친손주'로 하나로 묶으며 당장 있지도 않은 걸로 생색
내곤 하셨다. 인지는 그저 좋다고 알랑방귀를 뀌고 말이다. 가진 것
없어도 우리 세 식구는 늘 행복했다. 난 할머니가 참 좋았다.

하.지.만.

한평생 금괴의 존재를 속닥인 할머니에겐 그것이 박복한 팔자를
견디게 하는 유일한 희망이었을지 모를 일이나 나로선 귀가 솔깃할
만한 이야기는 아니었다. 현실적으로 말이 되어야 말이지.

"통일 안 돼요."

"너 그런 재수 없는 소리 할 거면 나가서 콩나물이나 사 와라."

할머니는 고쟁이 바지 깊숙한 곳에서 동전 주머니를 찾으며 눈을
흘기셨다.

"된다 해도 솔직히 그게 아직까지도 있겠어요?"

"있지! 그럼!"

"어딘데요, 거기가?"

"평안남도!"

"그러니까 평안남도 어디?"

"아무도 모르게 옛날에 어디다 적어 놨는데, 이사하면서 없어졌는가 보이질 않네."

"기억 안 나요?"

"그때 우리 집이 신양린가… 어디였는데… 아이고 늙으면 죽어야지. 가물가물하다."

"누가 진작 다 털어가고 없을 거예요. 게다가 그쪽은 수도권이라서. 포기하세요, 그냥."

"이 미련 곰 같은 놈아. 니 것이여 니 것. 니 밥그릇 하나 못 챙겨먹냐. 애 마냥 손에 쥐여줄 수만 있다면 오죽 좋겠냐마는 저렇게 물러터져가지곤. 아이고, 아버지, 내가 이러고 삽니다."

"할머니도 차암… 어딘지도 모르는데 뭘…"

말은 그렇게 하면서도 다른 사촌들과 정보를 공유하지 않은 걸 보면 나도 참 영악한 놈이다. 우리 두 남매만 불러 앉혀놓고 금괴 이야기를 들려주시길래, 처음엔 시집와서 한평생 할머니를 모시고 살던 우리 엄마에 대한 미안함 때문인가 싶었다. 그런데 들으면 들을수록 무작정 무시하기에도 좀 그렇고(사람 일 모르는 거니까).

어쨌거나 툭하면 옛날이야기 하길 좋아하던 할머니는 백 살을 채워 청려장_{장수 지팡이로 요즘에는 대통령 명의로 선물한다}을 받고야 말겠다는 각오가 무색하게 급격히 건강이 나빠져 결국 요양병원에 입원하셨다.

식구들한테 짐이 되느니 차라리 들어가마- 하시던 당신께서 정작 입원 당일에는 *"나 버리는 거 아니지? 니들 언제 또 올래?"* 하고 엘리베이터 안에서 묻고 또 묻던 걸 떠올리면 지금도 눈물이 난다. 맞벌이인 부모님께서 사고로 돌아가신 후에도 우리 남매를 키워주신 할머니에게 효도할 기회를 영영 잃었다는 느낌이 들어서. 그리고 그것은 현실이 되었다. 요양병원에 들어가신 지 딱 한 달째 되던 날 새벽, 걸려온 한 통의 전화.

"손자분, 어서 오셔야겠어요. 김사끝 할머님 조금 전에 돌아가셨어요."

고인 : 김사끝 님
상주 : 손자 최인찬, 손녀 최인지, 딸…
빈소 : 경찰병원 장례식장 지하 302호
발인 : 2024년 2월 16일
장지 : 경기도 파주

* * *

장례비용으로 어느 정도 지출하고 남은 조의금은 각각 n분의 일로 나눠 가졌다. 물론 고모들이 저마다 서로 더 챙겨 가려던 것에 대해 아무 잡음이 없었다면 거짓말. 심지어 고모들은 할머니가 쌈짓돈을 어디에 숨겨 놓은 건지 머리를 맞대고 구시렁댔다.

"분명히 엄마가 삼천만 원을 금고에 예탁했다고 들었는데…"

"아버지 연금이지, 그거? 아버지 6·25 때 참전하신 거."

"아니야. 엄마가 조금씩 모은 돈일걸."

"노인네가 그걸 혼자 어디에 다 쓰시진 않았을 테고…"

"그러게. 귀신이 곡할 노릇이네."

"혹시 인찬이 주신 거 아냐?"

"인찬이가 쓸 데가 어디에 있다고?"

"손자라면 껌뻑하시는 양반이니까 그렇지."

"에이 설마."

저 꼴 보기 싫어서 명절 전마다 아버지와 싸웠던 엄마의 심정을 늦게나마 알 것 같다. 그런데 이제 와서 그게 다 무슨 의미가 있겠나. 할머니 말마따나 '가신 냥반'. 더는 우리 가정사를 궁금해하지 마시라. 우린 주말연속극에 나오는 그런 집안 풍경과는 거리가 멀다. 그러니 불행한 집구석들은 저마다 말 못할 사정이 있다는 안나 카레니나의 첫 구절로 자세한 내막을 대신하겠다. 그냥 넘어가 주라.

여하튼 집으로 돌아왔는데 뭐부터 손을 대야 할지 막막했다. 고모들은 버릴 건 버리고, 남길 건 남기라는데 엄두가 안 났다. 이렇게 힘든 일이었구나. 버리는 것도, 남기는 것도. 먼저 장례식에 와준 친구들과 지인, 그리고 같은 서*[0] 동료들에게 인사 메시지부터 보냈다.

그렇게 하루가 가고, 어느새 어둑해진 바깥 풍경.

멍하니 있자니 어떻게 다시 일상으로 돌아갈지 막막했다. 과연 멀쩡하게 살 수 있을까? 할머니가 없는데? 매일 밤 10시, '쇼 킹'을 보며 "너도 한 번 트롯트 대회에 나가봐라."는 성화도 들리지 않을 텐데? 이따금 찾던 고모들의 발길도 뜸해질 텐데? 난 적응할 준비가 안 됐는데 어떡하지.

냉장고에서 캔 맥주를 하나 꺼내 들고 베란다로 나가자 문득 저 멀리 보이는 센트럴 리버뷰 아파트가 화려한 자태를 뽐냈다. 연예인 누구도 부모님께 선물했다는 신도시 대장 아파트. 아마 밤 비행을 하는 파일럿들도 저긴 잘 피해 가겠지, 하는 생각이 든 건 이번에 조문 온 고등학교 동창 녀석 때문이다. 얼마 전에 저 아파트에 '자가'로 들어갔다는 녀석은 육개장을 한 그릇 뚝딱 비우며 말했다.

"괜찮네. 우리도 여기로 해야겠는데."

"뭘?"

"상조회사 말이야."

"나 공무원이잖아. 할인이야."

"아, 그래? 사실 우리 회사 임직원들 복리후생으로 상조 서비스 알아보고 있었거든. 아아, 아직은 아버지 회사지만."

하며 묻지도 않은 이야기를 일부러 늘어놓았다. 다 안다. 처음부터 계산된 자랑이라는 걸. 그래도 시치미 뚝 떼고 아, 그러냐며 녀석의 명함을 받아두길 잘했지. 취업 사이트에 검색해본 결과(어쩌면 거기까지 의도했을지도 모른다), 역시 '이사'란에 녀석의 이름이 올라갔다. 성이 같은 대표는 보나 마나 녀석의 아버지일 테고. 보안솔루션을 개발하는 곳이라는데 연 매출액이 무려 30억. 뭔 놈의 프로그램 회사가 돈을 저렇게 많이 벌지? 녀석에게는 얼마가 떨어질까?

생각이 거기까지 미치자 녀석이 이번에 자가로 구입했다는 아파트도 왠지 대출 없이 마련했을 거라는 합리적인 추론에 도달했다.

부럽다. 금수저로 태어나 아버지 회사 물려받을 놈과 9급 순경으로 들어가서 쥐꼬리만 한 월급으로 근근이 사는 나. 그러다 관을 들어주기 위해 정복을 갖추고 온 선후배들을 보며 멋있다며, 든든하겠다며 추켜세워 준 게 떠올랐다. 왠지 기반이 탄탄한 중산층으로서 동네 방범에 열을 올리는 일꾼에 대한 심심한 격려를 해준 것 같아 은근히 자존심이 상했다. 내 자격지심일 수도 있고.

딩동-

그때, 초인종이 울렸다. 인지였다. 얼른 표정을 수습하고 맞이했다.

"웬일이야?"

인지는 점검하듯 집안 내부를 둘러보더니, 신발을 벗으며 물었다.

"아직 정리 다 안 했지? 밖에 내놓은 건 뭐고?"

"버릴 거. 할머니 옷."

"고모들한테 물어보지."

"안 입는대."

"그렇다고 다 버리지는 마. 할머니 하늘에서 서운하게 생각해."

"알아. 근데 무슨 일로 왔어?"

그러자 인지는 소파가 아닌 거실 바닥에 앉았다. 대형 커피체인점의 로고가 박힌 에코 백을 옆에 착 하고 새초롬하게 내려놓으며. 그것에서조차도 할머니가 떠올랐다. 생전에 할머니는 이 좋은 세상에 왜 천 쪼가리로 누빈 거지 망태기를 들고 다니냐고 마음 아파하셨다. 실은 인지가 사전 예약으로 비싸게 구매한 건데. 인지는 나를 올려다보며 방바닥을 손으로 가볍게 두드렸다.

"뭐해? 앉아."

그러더니 내가 바닥에 엉덩이를 채 붙이기도 전에 손바닥을 쭉 내밀었다.

"뭐?"

그리고 가만히 손바닥을 팔랑거렸다.

"아아! 조의금 남은 거? 몇 푼이나 된다고… 알았어. 이체해줄게."

취업한 지 얼마 안 돼서 온 사람도 별로 없으면서. 그래도 계산은 계산이니까.

그런데 뱅킹 앱을 실행하는데 피식, 하고 인지의 입가에 나이키가 스쳤다. 웃어? 불길하다. 섬뜩하리만큼 의기양양한 눈빛. 어라? 어떤 기시감이 들었다. 언제였더라? 흔치는 않지만, 더러 있었던 이 상황. 아, 생각났다! 대체로 인지가 내 머리 꼭대기 위에 올라와 있을 때의 일이다. 가령, 어렸을 때 아버지의 지갑에 손댄 범인이 나라는 걸 알아차렸을 때라든가, 수학 문제집을 풀 때 뒤에 답안지를 베낀 현장을 목격했을 때라든가, 그것도 아니면 고등학교 때 직박구리 폴더를 찾아냈을 때라든가.

인지는 손을 거두더니 봐준다는 식으로 입맛을 다셨다.

"내가 어른들도 있고 해서 잠자코 있었거든."

"무슨 소리를 하고 싶은 거야?"

"장례식장에서 말이야. 오빠 없을 때 큰고모가 그러더라?"

"뭘?"

착! 하고 손뼉을 치더니,

"세상에나! 할머니가 몇 년 전에 시골 땅을 처분했대, 글쎄. 못 들었어, 오빠?"

"땅…? 땅을?"

순간 호흡이 우뚝, 하고 멈추었다. 공습이다! 전쟁이란 게 이렇게 시작하나 보다. 예기치 못한 사이에 1차 저지선이 뚫리고 만 것이다. 인정한다. 그동안 너무 방심했다.

"그래. 땅. 오빠가 내 동복오빠니까 말해주는 거야. 이복오빠였으면 말도 안 꺼냈지."

"아아… 그런 일이 있었어?"

응! 하더니 거짓말처럼 입가에 웃음을 싹 거두고 되물었다.

"근데 그거 오빠한테 증여했다는데? 사실이야?"

초기 방어가 허술한 탓에 2차 저지선까지 우습게 뚫렸다…! 심장이 쿵! 하고 내려앉는 소리와 함께 식은땀이 관자놀이를 타고 흘렀다. 이것이 이미 다 알고 왔구나. 일단 잡아뗄 수 있을 때까지 잡아떼 보자, 애써 여유를 찾고 웃으며,

"야, 그거 그래봤자 임야야."

"임야?"

"사안!"

"사아안?"

"그래. 거기 완전 오지야. 자연인도 안 살 걸? 거기다 평당 꼴랑

십오 만원이야. 그뿐이게? 중개 수수료 떼고 세금 내고 하니까…"

"에게? 겨우 십오 만원밖에 안 하는구나…"

"그래!"

휴, 살았다.

"그럼 곱하기 천 평이면 얼마야?"

어디 빠져나갈 테면 빠져나가 봐, 하는 표정이다. 올 것이 왔다. 예전에 고모부 사업 자금 좀 대 달라던 큰고모의 부탁을 할머니가 단칼에 자른 적이 있었는데, 그 일로 앙심을 품고 이쪽에다 폭탄을 던진 게 분명하다. 그렇지 않고서야 대출금리가 가계 경제에 미치는 영향에 대해서도 일 년 전에 희미하게 터득한(터득이나 했는지도 모르겠다) 인지가 이렇게 시시콜콜 따지고 들 순 없을 테니까. 큰고모가 인지만 빈소 한쪽으로 불러서 속닥거릴 때 눈치챘어야 했는데.

"1억 5천이지? 절반이면 7천 5백이네? 좋아, 세금도 냈다고 하니까, 뭐, 꼬리는 절삭하고 딱 7천만 받을게."

어디서 절삭이란 건 주워 들어가지고. 저게 삼 일 내내 빈소에서 말없이 속에 담아두면서 얼마나 별렀는지 두 눈이 갓 짠 국산 들기름을 바른 것처럼 번들거렸다. 아, 탐욕이여.

"줄 거야, 줄 건데…"

"줘, 지금. 빨리."

"걱정 마. 안 떼먹어."

인지가 손바닥을 천천히 거두더니 음절을 뚝뚝 끊으며 단호하게 말했다.

"내. 놔."

어떻게 된 애가 휴전이란 걸 모르는지 푸틴 딸이라고 하면 딱 맞겠다. 그렇다고 악착같이 3차 저지선마저 질겅질겅 밟으며 쳐들어오는 걸 가만히 보고만 있을 수 없지. 반격이다!

"기다려 봐. 그렇게 큰돈이 어떻게 바로 뚝딱 생기냐?"

"뚝딱 안 생기면?"

"좀 있어야 돼."

"바른대로 말해. 내 돈 어디에 있어?! 아, 빨리 내놓으라고!"

"기다려, 줄게, 준다니까?!"

"아, 달라고!!!!! 내 도오온!!!"

진돗개 1호!!!

진돗개 1호!!!

"있어야 주지! 있어야!"

에라, 모르겠다! 되레 화내는 내 모습도 꼴불견인 걸 잘 안다. 멋대로 짖어라, 진돗개! 왈왈!

"어디다 빼돌렸어?!"

"저축해둔 상태야!"

"저축? 진작 그렇게 말할 것이지. 그럼 빼서 줘."

"빼서 달라고?"

"어디 은행 같은 데에 묶어 놨으면 바로 빼도 되잖아. 은행 이자 얼마나 한다고."

"묶은 게 아니고…"

"······?"

"묶였어···"

'묶였어'에 숨겨진 뜻을 헤아리기까지 정확히 십 초가 걸렸다. 그래, 평화를 위해 항복하자. 솔직하게 털어놓았다. 모두 주식에 투자했노라고. 미국 어디 주식이 떠오를 거란 일급 정보를 얼마 전에 입수했다고. 예상대로 당장 찾아오라는 질책이 뒤따랐고, 거기에 지금 매도하는 건 손해라는 나의 변명이, 그래도 헐값에라도 찾아오라는 독촉에 결국 진실을 발설하고야 말았다.

"마이너스 85%라서 못 빼··· 지금은···"

그리고 결정적으로 어쩌면 상장 폐지될지도 모른다는 뉴스를 봤다고 했다.

얼.음.

인지는 잠시 일시정지 된 얼굴로 나를 빤히 쳐다보았다. 그리고 천천히 얼굴이 일그러지기 시작하더니 통곡을 쏟아냈다. 말끝마다 내 돈, 내 돈! 장례식 전까진 알지도 못했던 돈에 대한 저 집념을 보라! 견.물.생.심. 이란 사자성어가 괜히 생긴 게 아니다. 거기에다 대고 팔 때까지 손해 본 게 아니다- 테마주가 아니라서 장기적으로 봐야 한다- 정말 떡상 할 날이 올 텐데 배로 쳐서 주마- 고 일단 급한 대로 공수표로 달랬지만 부질없었다.

실컷 다 울었을까? 푹 수그린 머리. 그 요란한 구슬발처럼 길게 쏟아낸 머리칼 틈으로 기가 막히다는 듯 헛웃음이 새어 나왔다.

"큭··· 크큭··· 하하··· 하하하!"

너무 충격 받아서 머리가 어떻게 됐나? 그러다 돌연 웃음을 딱 멈춘 인지에게서 서늘한 침묵이 흘렀다. 그리고 스르르 자리에서 일어났다. 그 상황에서 "너 주온 귀신같아."라고 하면 왠지 인지도 웃을 것 같았지만, 하지 않기로 했다. 가만히 올려다보니 눈자위가 발갛게 부은 채로 현관문만 노려보고 있는 게 아닌가. 조심스레 말을 붙였다.

"가게?"

"……."

"치킨이라도 먹고 가. 시켜줄게."

"……."

"생맥도 시킬까?"

"최인찬."

여자애인데도, 어째서 가끔 화날 때면 영화 '타짜'의 아귀같은 목소리가 나오는지 참 의문이다. 그럴 땐 오빠인 나조차 주춤하곤 한다. 지금처럼.

"……?"

"넌 오늘부로 내 오빠 아니야. 나한텐 오빠 없어."

"무슨 말을 그렇게 하냐?"

"누구세요? 저 아세요?"

"할머니가 살아계셔서 지금 우리 이러는 걸 보셨어봐. 뭐라고 하나."

"할머니…?"

"그래… 내가 미안하다. 근데 일단 내 얘기 좀 들어봐."

애기는 무슨. 삼십 대 남매의 대화라고 하기엔 상당히 유치하고 저급한 말들이 총탄처럼 몇 차례 오갔고, 그 후로는 방어할 새도 없이 인지의 일방 폭격이 쏟아졌다. 퍼부을수록 제 감정이 격앙되는지 나로서도 속수무책이었다. 교통사고로 돌아가신 부모님을 찾으며 절규하는 건 물론이고, 어릴 적에 나한테 몇 대 얻어맞은 (기억도 안 나는)설움도 이따금 튀어나왔다.

"장례식장에서 사람들 말하는 거 듣고 정말 어이가 없어서 참나. 다들 오빠가 할머니 병간호한 줄 알더라? 근데 아니잖아? 사실상 간호는 내가 다 했잖아? 오빠 그거 기억나? 할머니 화장실에서 넘어져서 골절로 입원했을 때 말이야. 그때도 오빠 병원에 코빼기도 안 비쳤잖아! 누가 다금바리 사준다고 하니까 거기에 따라갔잖아!"

옥신각신하는 과정에서 누구인지 리모컨을 깔고 앉는 바람에 할머니 방의 구형 텔레비전이 켜졌다.

이어서 뉴스 나이트를 보내드립니다.

"야, 경감님이 사준다는데 어떻게 거절하냐? 게다가 그때 나 임용된 지 얼마 안 됐다고!"

"할머니도 그래! 오빠랑 나랑 별것도 아닌 거 가지고 싸워도 꼭 오빠 편만 들었지. 남자라고, 손자라고! 그래도 나 참았어. 근데 지금 이게 다 뭐야? 평소에 할머니 심심할까 봐 같이 화투 쳐준 것도 나고, 간호한 것도 나고, 수다 떨어준 것도 나고, 생신 때마다 미역국 끓인 것도 나고, 포인트 모아서 케이크 사 온 것도 나였어! 근데 할머니는 매일 오빠랑 비교하면서 나보고 백수라고 잔소리만 하고! 그렇게 잘난 오빤? 오빠 할머니 음력 생신도 모르잖아?!"

"알아."

"몇 월 며칠인데? 몇 월 며칠인데?!"

"음력 삼…"

"모르잖아!"

"아니 사월…"

"할머니 진짜 너무한다, 너무해. 어떻게 오빠한테만 땅 판 돈을 다 몰아줘? 어떻게 나한테 이래?? 이건 배신이야!"

"그건 진짜 오해야! 사실 할머니가 너랑 나눠 가지라고 했는데, 내가 마침 유튜브에서 미국 쪽 해운이…"

오늘 오전, 강남의 한 도심에서 일어난 흉기 난투극으로

30대 용의자가…

"됐고. 앞으로 나한테 연락도 하지 마."

"야, 최인지."

"누구세요? 저 아세요?"

결국 나는 비장의 카드를 꺼내 들었다. 바지 뒷주머니에 있던 꾸 깃꾸깃한 조의금 봉투를 서둘러 꺼내며,

"진짜 이렇게까지 안 하려고 했는데. 너 이게 뭔지 알아?"

"그게 뭐!"

"놀라지 말고 들어. 할머니가 옛날에 어렸을 때 살던 집 주소야. 너도 들어서 잘 알 거야. 옛날에 부잣집 딸이었는데 피난 오기 전에 할머니네 아버지가 금괴 묻어놨다고. 그만 좀 울고 봐봐. 위치까지 정확하게 써놓으셨어."

다음 뉴스입니다. 오늘 오후 모 은행 지점에서는

"영화나 드라마에 골드바 나오는 거 봤지? 그게 바로 이 주소에 어마어마하게 있다니까?"

"지금 장난쳐? 아주 사기 치는 데 맛 들렸구나?"

"뭐? 사기?"

"사기가 아니면? 내 돈도 주식으로 날려 먹고, 북한에 그딴 거나 찾으러 가자고?"

"왜 못 가?"

"애도 아니고, 할머니가 그냥 해본 소리를 믿어?"

"그냥 해본 소리가 아니라니까?"

"아, 솔직히 옛날에 못 살았던 사람이 어디에 있어?"

"없지! 하지만, 우리처럼 금괴를 두고 온 집 봤어? 없어!"

"그래도 그렇지. 설령 있다 해도 거길 어떻게 가? 총 맞아 죽고 싶어?!"

수송팀의 금고를 들고 달아난 일당을 쫓고 있습니다…

나는 얼른 뒷덜미를 보여주며 말했다.

"보여? 대림동 반지하 빌라에서 지명수배범 잡았을 때 칼에 찔린 거. 그때 할머니도 응급실에 오고 난리 났었잖아."

CCTV 분석 결과, 일당은 수송 팀의 이동경로를 따라 오며…

"아, 그래! 귀한 삼대독자 어떻게 될까 봐 평소에 안 타던 택시까지 타고 갔었지!"

"목동맥 찔렸으면 그 자리에서 죽을 뻔했어. 그때 받은 훈장? 한 달에 수당이 몇만 원 밖에 안 해, 알아? 목숨 걸고 일했는데 겨우 한 달에 몇만 원이라고. 어차피 목숨 걸 거 큰 데 걸어야지. 안 그래?"

"단단히 미쳤네."

"북한 사람들도 남한에 재산 찾으러 탈북하는 마당에 우리라고 왜 못 가나?"

"그야 걔네는 살기 좋은 남한에 오는 거고, 우린…!"

"이것 좀 봐."

그러면서 얼른 구글 맵을 열어서 위치를 확대하여 보여주며 말했다. 정신병자라느니, 영화를 너무 봤다느니 하면서도 막상 또 보기는 본다.

도난당한 금고에는 60kg의 금괴가 있던 것으로 밝혀졌으며…

"그 주소를 한 번 찾아봤는데 지금은 평양 이쯤 되는 위치야. 여기 보여? 앞에 흐르는 건 대동강. 브로커만 잘 잡으면 금방 들어간다니까?"

"못살아. 수도 한복판이잖아."

"그게 무슨 상관인데?"

"왜 상관없어? 아, 됐어! 나 갈 거야!"

"어디에 있는지 알아버렸는데 이대로 묻자고? 정말 그런 자신 있어?"

인지는 일어서다 말고 다시 자리에 주저앉았다. 한숨을 푹 내쉬며.

"인지야. 할머니 말씀대로 그거 우리 꺼야. 찾아야지! 너도 반 나눠 가지라고 하셨잖아!"

"아휴… 심란해. 증말…"

"내가 이것도 다 네가 내 동복동생이니까 알려주는 거야. 이복동생이었으면 말도 안 꺼냈다?"

"상식적으로 생각해 봐. 거기가 어디라고 우리가 들어가? 위험…"

"하겠지, 당연히. 그런데 세상에 공짜는 없어. 재벌들도 뜯기는 게 상속세야. 우리라고 별수 있냐? 근데 우린 그 세금을 안 내는 대신 몸으로 좀 고생하면 된다니까? 게다가 금은 기록만 안 남기면 자금

추적도 안 돼. 재산세도 안 내고. 다 우리가 먹을 수 있다고."

오늘자 기준 순금 한 돈의 매매가는 31만 6천원으로…

"그렇게만 되면 좋긴 한데…"

"못 믿겠으면 계산해 봐."

"뭘?"

"봐봐. 금 한 돈이 3.75g이고, 우리가 팔아먹는다면 대략 28만 4천 원을 받을 수 있어. 오늘 기준으로."

"그런데?"

"이만한 금괴는 하나당 1kg란 말이야? 그럼 무려 266배야. 계산해봐."

어느새 인지는 스마트 폰의 계산기 앱을 두드리고 있었다.

284,000×266

"7천… 5백 5십 4만 4천 원."

"그래. 거기서 네가 좋아하는 꼬리 절삭해서 대충 7천 5백이라고 치자. 그게 금괴 하나 값이야."

"금괴 하나."

"응. 자, 이제 그 금괴가 할머니 말로는 사과 한 짝 정도라고 했어. 그럼 대강 헤아려보면 150개 정도가 들어가."

"150개나…?"

"물론 할머니는 그보다 더 많다고 했어. 너 할머니 기억력 좋은 거 알지?"

"알지."

"더 많겠지만, 일단 금괴 150개로만 계산해보자. 얼마야?"

75,000,000×150

"십일억… 아니… 일, 십, 백, 천, 만, 십만, 백만, 천만, 억… 십
억… 백… 백…?"

"112억."

금값은 앞으로 더 오를 전망입니다.

KBC ○○○기자입니다.

다소 긴 정적이 흐르는 동안 정확히 10시 10분을 가리키고 있던
인지의 눈썹이 천천히 둔각을 이루며 내려오기 시작했다. 이쪽의 패
는 모두 던져졌다.

"어떻게? 반반 시켜?"

"생맥도."

"콜."

"근데 오빠… 그 주소 어떻게 알아냈어?"

* * *

주소를 손에 넣게 된 계기를 밝히자면 이야기의 시곗바늘을 살짝

돌릴 필요가 있다.

어디서 들었는데, 사람이 나이가 들면 갈 날이 다가왔음을 직감하는 능력이 생긴다고 한다. 그래서일까? 생전에 면회를 간 어느 날, 할머니는 초연한 얼굴로 식구들을 돌아보며 이렇게 말씀하셨다.

"내 방에 농짝에 보면 맨 밑 서랍에 분홍색 보자기가 있다. 거기 한복이 있을 거다. 그거 나 죽거든 수의로 입혀라."

그런 소리 마시라고 손사래를 치면서도 고모들은 입을 모아 말했다. 걱정 마시라고. 국산 삼베로 짠 고급 수의를 맞춰 드리겠노라고. 딴엔 할머니를 안심시키려는 의도에서 한 이야기일지 몰라도 길게 말씀하기 버거운 할머니는 온 힘을 다해 화를 내셨다.

"소원이라는데 그거 하나 못 들어 주냐?!"

"그래도 그렇지, 엄마. 그거 너무 오래된 거잖아."

그건 큰고모의 말이 맞다. 수의로 입혀드리기엔 너무 낡고 허름하다. 그런데도 왜 그리 집착하시냐고? 옷의 유래를 말하자면 또 눈물겹다.

하루아침에 온 가족을 잃은 할머니는 얼마 후 빗발치는 총탄을 피해 남한으로 내려오셨다. 함께 피난 온 먼 친척이 있었지만, 각자 살길이 바빴던 관계로 사실상 혈혈단신이나 마찬가지.

"남한에 와서 보니까 어디 기차역에다 날 떨궈 주더라구. 알아서 살라구. 그러니 거기서 오도 가도 못 하고 반나절 엉엉 울었지. 그렇다고 굶어 죽을 수도 없고. 먹고는 살아야 하니까 남의 집 식모살이를 가서는 이날 이때까지 고생만 했다."

그 후 할머니는 일하던 집 사모님의 중매로 어느 누추한 집안의 장남에게 시집을 갔다. 그게 바로 우리 친할아버지다. 그리고 결혼식 당시에 입었던 한복이 바로 지금의 '수의'다.

"내가 이북에 있을 때는 그래도 대궐 같은 데서 살았는데, 내려와서 시집을 가보니까 세상에 하꼬방(달동네 판잣집)이더라. 꼬락서니가 하도 기가 맥혀서 들어가도 않고 문 앞에서 마냥 넋 놓고 섰다. 그러니까 안에서 얼른 들어오라고 막 야단을 치더라고, 나한테. 시으른들이."

뿐인가? 밑으로 동생이 넷밖에 없다더니 실제로 가보니 시동생이 아홉이나 달려있었다고. 솔직히 툭 까놓고 말해서 평안도 지주의 딸의 입장에서 보면 그야말로 낙혼落婚, 모자란 혼처이다. 증조부께서 살아계셨더라면 씨알도 안 먹혔을 혼사란 얘기다.

어쨌거나 결혼 예복이기도 했던 그 한복은 세상 사람들에게 고약한 악덕 지주였을지 몰라도 당신에게만큼은 아낌없이 사랑을 주시던 아버지의 열일곱 번째 생일 선물이자 마지막 유품이었다고. 그러니 그냥 옷이 아니다. 한 많은 세월 살아오는 내내 유일한 '아군', '내 편', '내 친정'이었을 것이다. 할머니는 내세에도 그 집 딸로 태어나 가족들과 만나고 싶으신지 몇 번이고 신신당부하셨다.

"테레비에서 보니까 괜히 비싼 수의 사봤자 나중에 일하는 사람들이 중국산으로 다 바꿔치기한다더라. 그러니 꼭 그걸 입혀서 보내라. 내 소원은 그거 하나뿐이다."

교통사고로 부모님께서 돌아가실 때만 해도 상조보험이니 조문

예식이니 하는 것들은 온통 어렵고 부담스러운 절차였다. 하지만 시간이 흐른 지금은 조문객들을 격식에 맞게 맞이하고, 어디선가 보내온 화환들을 당황하지 않고 능숙하게 받을 정도의 나이가 됐다. 할머니의 말씀을 빌리자면, 옛날 같으면 자식을 결혼시키고 안방을 내주고도 남았다는 그 서른여덟.

더는 올 조문객이 없을 것 같은 새벽 2시.

빈소에 마련된 작은 방에 들어가 눕자 밑에서 올라오는 온기에 몸도 마음도 노곤노곤해졌다.

'아! 한복!'

뒤늦게 떠오른 나는 고모와 사촌들에게 자리를 맡기고 서둘러 집으로 향했다. 장롱 맨 밑 서랍을 열자 전기 찜질팩 옆에 말씀대로 분홍색 보자기 하나가 오도카니 자리하고 있었다. 매듭을 풀자 무슨 신줏단지 모신 것 마냥 1990년대 모월 모일 자의 신문지로 포장이 되어 있고, 한 겹씩 걷어내자 비로소 한복의 자태가 드러났다. 종잇장처럼 납작한 저고리의 목깃에는 곤때와 함께 세월이 묻어났다. 이대로 괜찮을까 싶었지만 토 달지 말자, 할머니의 마지막 소원이시다. 그리고 장례식장에 돌아와 염을 했다. 고인을 마지막으로 뵙고 인사를 드리는 자리.

"직계 유족분들만 들어오시죠."

직계로는 친손주인 나와 인지, 그리고 고모들이었는데 자리가 협소한 관계로 고모는 서열대로 위에 두 분만 자리하기로 했다.

하얀 천을 살짝 걷어내자 할머니의 얼굴이 드러났다. 파랗게 변한 얼굴, 잠든 듯이 감긴 두 눈. 조심스레 할머니의 얼굴에 손을 가져간 순간, 소스라치게 놀라고 말았다. 어떻게 사람에게서 이토록 서늘한 냉기가 감돌 수 있지? 도무지 믿어지지 않았다. 누가 우리 할머니를 이렇게 차갑게 만들었나? 왜 온기가 없나?

'말도 안 돼…!'

장례지도사의 안내에 따라 얼굴에 로션을 발라 드렸다. 고운 얼굴로 저세상에 가서 가족들을 만난다는 부연 설명에 울음이 목 끝까지 차올랐다. 비 오는 날마다 당신을 울적게 했던 먼저 떠난 아들 내외, 고생만 시키다가 말년엔 병수발까지 들게 한 무정한 남편, 그리고 무엇보다 참혹하게 돌아가신 부모님과 오빠들까지 모두 만나실 것이다. 그러고 보니 우리 할머니, 참 불쌍하게 살다 가셨네.

마지막으로 평소에 믿던 대로 성당 묵주를 할머니의 가슴 위에 고이 올려놓은 순간, 결국 울음에 북받친 인지가 자리에 주저앉아 엉엉 울고, 고모들도 따라 울었다. 믿어지지 않아- 어떻게 이렇게 차가워- 할머니 내가 잘못했어- 하는 절규도 쏟아냈다. 남자니까, 장손이니까 절대 울지 말아야지, 했는데 결국 나도 터져 버렸다. 할머니의 가슴에 얼굴을 묻고 있는 죄, 없는 죄 모두 고했다. 제발 돌아오라고, 잘못했다고, 한평생 고생만 하셔놓고 가실 때도 변변찮은 수의조차 없다는 게 말이 되냐고. 솔직히 부모님께서 돌아가실 때보다 더 운 것 같다. 아, 그때서야 알았다. 할머니가 나에게, 우리 남매에게 어떤 존재였는지.

그.런.데.

그런데 말이다. 할머니의 가슴 섶이 내 눈물 콧물로 젖은 그때, 내 눈에 무언가 비쳤다. 옷고름 안쪽에 문득 까만 좀벌레같은 것이 촘촘하게 보인 것이다. 젠장! 수의를 좀 더 꼼꼼하게 확인했어야 했다! 난 왜 하는 짓마다 다 이 모양일까? 다급하게 장례지도사를 불렀다.

"저기요! 여기에…!"

하고 상체를 일으키는데, 가려져 있던 천장의 조명이 문제의 흔적을 더 선명하게 비추었다.

"왜 그러시죠, 상주님?"

"여기에 까만…"

하고 자세히 얼굴을 갖다 대니

…

어라?

그것은 벌레…

가 아니었다.

"왜 그러니, 인찬아?"

큰고모가 내 어깨를 부여잡으며 물었다.

좀 더 가까이, 좀 더 크게 눈을 뜨고 보니, 그것은…

평안남도 평양부 신양리 4통 7반. 외양간 옆.

"무슨 문제라도 있습니까, 상주님?"

"오빠, 왜 그래?"

"인찬아. 거기에 뭐가 있는데?"

모두의 시선이 나 한 사람에게 향했다. 지금 생각해도 그 찰나에 어떻게 그렇게 대처했는지 알다가도 모를 일이다. 어쩌면 본능일 수도 있다. 앞서 말했지만 난 영악한 놈이니까. 그래서 서둘러 대답했다.

"아니에요."

다시 힘주어 덧붙였다.

"아무것도 아닙니다."

그리고 할머니를 덥석 끌어안고 울었다. 아까보다 소리 내어 크게.

다시 현장은 안내에 따라 진행되었고, 나는 평소엔 안 쓰던 뇌세포 하나하나를 풀가동시키지 않으면 안 됐다.

'평안남도 평양부 신양리. 4통 7반 외양간 옆.'

'평양 신양리…'

'4통 7반. 4통… 7반 외양간… 외양간…'

2장
1호 특별 지시

2018년 1월. 평양시 중구역 서문동. 청봉악단 련습소.

또각, 또각, 또각…!

또각, 또각!!!

중앙 현관의 고요한 복도 사이로 손향이 헐레벌떡 뛰어 들어왔다. 그 탓에 어깨가 조금 넘는 머리는 공단결처럼 마구 출렁였다. 집을 급히 나서느라 미처 수습하지 못한 것이다. 걸음을 재촉하면서 동시에 손으로는 반 묶음하여 대강 뒤로 넘겼다. 하얗게 긴 목은 대동강 수산물시장 수조에 담긴 활어처럼 연신 헐떡였다.

또각, 또각!

몇 계단을 오르다가 아차 싶은지 소리 나지 않게 구두를 벗었다. 그렇게 한 손에 구두를 집어 들고 하루살이양말ㅅㅌㅋ 차림으로 냅다 두 계단, 세 계단씩 경중경중 뛰어올랐다. 어찌나 숨 가쁘게 달려왔던지 이 추위에 입에선 숨 쉴 때마다 단내가 나고, 비지땀이 가슴골을 따라 배꼽까지 주르륵 흘러내렸다. 서두르자. 시간이 없다. 무려 이십 분이나 지각이라니. 오늘 총화_{북한에서 실시하는 상호비판으로 주민통제의 수단으로 쓰인다}에서 먹잇감으로 이보다 안성맞춤이 또 있을까?

'아이 참… 또 난리 치겠네.'

아무리 생각해도 리 단장은 성격이 누구보다 지랄 맞은 위인이다. 조금만 거슬리면 눈에 뵈는 게 없다. 아무거나 집어 던진다. 공훈배우 칭호를 받은 뒤로는 더욱 그렇다.

층계참에서 잠시 숨을 고르며 하얀 남방의 명치 부분을 살짝 잡고 펄럭였다. 땀 냄새가 풍기는 와중에도 아침에 뿌린 봄향기 향수가 기분 좋게 코끝을 맴돌았다. 엄마는 늦은 주제에 향수가 웬 말이냐 했지만, 오늘처럼 중요한 날도 없다고 둘러댔다. 그렇게 중요한 날이라면서 늦잠을 잤냐는 타박이 당연히 따라왔지만, 어쨌거나 향수라도 뿌렸으니 다행이지 않은가.

다행히 3층 끝에 자리한 성악실의 문은 반쯤 열려 있었다. 입가에 미소가 번졌다.

'역시 윤미 동무밖에 없다니깐.'

악단의 막내인 윤미 동무와 처음부터 친한 사이는 아니었다. 윤미 동무는 함흥이 고향이고 금성학원을 졸업했지만, 손향은 평양 토박이인데다 김원균평양음대를 나왔으니 말 섞는 일이 없을 수밖에. 그러다 일전에 그 동무가 늦을 때 지각을 감싸준 것이 인연이 되어 가까워졌고, 그 후로 둘은 종종 '공모'하는 사이가 됐다. 그런 거 보면 사람 사이라는 게 별거 없다.

그러다 가슴 한구석이 뜨끔한 건 이미 뿔이 날 대로 난 리 단장의 목소리가 복도에까지 왕왕 울려댔기 때문이다. 전날 밤에 지 마누라랑 한 판 붙기라도 했나? 그럴 때면 꼭 화풀이한답시고 단원들한테 지랄지랄해댔으니까. 하는 수 없다. 일단 그냥 슬쩍 얼굴을 내밀고 보는 거다. 손향을 본 동무들이 리 동지 모르게 눈짓을 하자 능청맞게 그 대열에 몰래 끼어 섰다. 완벽하다. 날쌘 준마처럼 달려온 로력에 대한 보상이라도 되듯 감쪽같이 잘 숨어 들었다.

툭, 툭.

그때 마침 뒤에 선 윤미 동무가 등 가운데를 치며 무언의 신호를 보냈다.

'와 이리 늦었서?'

'늦잠 잤지 머야.'

'어라? 이 에미나이 보게. 늦은 주제에 향수를 뿌려?'

'봄향기 껀데 그럼. 뿌려야지.'

'누구한테 받았는데?'

'우리 아바지.'

'또 뇌물 잡샀구만? 이번엔 얼마야?'

'말하는 뽄새하곤. 니것두 있서. 줄게.'

'기럼 기건 착한 뇌물이다.'

손향이 새어 나오는 웃음을 침으며 등 뒤로 손을 떨럭였다. 윤미 동무가 일부러 짓궂게 그 손을 꼬집으며 장난을 쳤다. 손향은 서둘러 한 손으로 땀과 뒤엉켜 달라붙은 앞머리를 대강 수습했다. 끝까지 들켜선 안 되니까. 다행히 리 동지는 무대 배열을 맞추느라 미처 손향의 지각을 눈치채지 못한 모양이다. 열변을 토할 때마다 입에서 뭐가 잔뜩 튀어나왔다. 더럽게스리. 어쨌거나 무사히 출근했다. 이래서 산다는 걸 전투라고 하는가 보지.

"키도 제일 길쭉하고 늘씬하니, 송정 동무가 요 앞으루 오라."

"예."

"용주 동문 계속 그 끝에 서고. 보자… 기래, 윤미 동무가 고 옆으루 오는 거이 낫갔지 아무래도. 담엔…"

"저… 단장 동지."

윤미 동무가 조심스레 손을 들었다.

"와?"

"저는 련습을 미처 다 하디 못했는데요?"

그러자 리 동지가 북채로 머리를 가볍게 내리치며 타박했다. 늘 그런 식이었다.

"시키는 대로 할 일이지 토 달디 말라. 부족점^{단점}이 있음 련습 할 생각은 안쿠 꽁무니부터 빼는 건 어서 배웠서? 기딴 실력으루 어째 가수가 됐나 모르갔네."

윤미 동무가 푹 고개를 수그린 채 잠자코 있지만, 손향의 귀에는 다 들린다.

　　　'개새끼, 어따대고 손찌검이야. 내가 지 새끼가?'

리 동지는 모두를 향해 북채를 흔들며 단속하듯 이어서 말했다.

"우리 서는 무대가 어디 보통 무댄줄 아나? 은하수에서도 길코

모란봉도 길코 다 이번 가수 경합에서 패배했단 소릴 듣더니 피 토하는 얼굴루 다니는 거 못 봤냐 이 말이야. 기럴수록 우리의 위력을 보여줘야디. 야, 손향 동무!"

"예!"

"언제 거깄었어? 니 일루 오라."

막 숨을 고르고 있던 손향은 팔꿈치를 거칠게 잡아끄는 대로 끌려가 섰다. 그러더니 리 동지가 쐐기를 박듯 손향의 양어깨를 꾹 누르며,

"좋다! 여 딱!하니 서 있으라."

!!!

그 순간 동무들끼리 주고받는 시선이 조금은 미묘해졌다. 손향이 엄마 찾는 아이처럼 리 동지의 뒤통수를 긴박하게 붙잡아 보지만 금세 자리를 벗어났다.

이 얼마나 당혹스러운가? 날고 기는 동무들을 제치고 정 가운데라니. 양옆으로 죽 선 네 명의 동무들이 은근히 신경 쓰였다. 너무나 쟁쟁하다. 중국 공산당 대외연락부장이 자리에서 일어나 하오! 하오! 하며 엄지를 치켜들 만큼 목청이 좋은 김용주 동무, '비둘기야 높이 날아라'로 말할 것 같으면 타의 추종을 불허하는 송정 동무, 가장 막내로 귀염을 받는 데다 성량이 대단한 윤미 동무, 그리고 비록 기량은 손향보다 못하시만 오랜 티줏대감처럼 생명력이 끈질긴 수련 동무까지. 그들을 제치고 정 가운데. 가장 주목을 받는 자리다. 그런데 전면 거울에 비친 그 모습을 보자니 이빨 하나 부러진 것처

럼 손향 홀로 작달막한 키가 영 마음에 들지 않았다. 어쩌겠나? 조상 대대로 종자가 땅콩만한 것을.

그.래.도.

'인물은 내가 제일 낫지 않나?'

언제 그랬냐는 듯이 마음 저 깊은 곳에서 야망이 꿈틀댔다. 동무들에게는 없는 눈웃음이, 중국 배우 뺨치게 큰 눈망울이, 백설처럼 하얗고 고른 치아가, 성악소조이면서도 끼 넘치는 률동 실력이 손향에겐 있으니까. 그뿐인가? 때론 암짐승처럼 앙칼지면서 고혹적인 면모도 있다. 무대 록화물을 볼 때도 느낀 것이다. '까투리타령'을 부르면서 일부러 치맛자락을 살짝 쥐고 몸을 갸웃갸웃할 때면 스스로 봐도 교활한 데가 있었다. 물론 그조차 인민들에게는 강렬한 매력으로 비쳤을 테지만. 실력도 왕재산예술단에 있으면서 이미 증명해 보였다. 설명절경축공연, 광명성절경축공연 등 김정은 동지께서 친히 관람하시는 커다란 무대에 독창으로 기량을 뽐낸 바 수두룩하지 않나? 남들보다 부족할 것 없다. 그래, 기죽지 말자. 손향이라고 가운데 서지 말란 법 있나?

그런 묘한 분위기가 흐르는 가운데 홀로 갈 길이 바쁜 사람처럼 리 동지가 허둥대며 연거푸 말했다.

"듣자하니 단체무용조에선 조금만 틀려두 밤샘 련습을 하는 실정인 모양이야. 기게 다 뭐간? 오또케든 이번 력사적인 행사에서 눈에 띄어 보갔단 거 아니갔어? 우리 명색이 청봉이야, 청봉. 밀릴 수 없다, 이거야, 알아 들어?"

예—

그런 뒤, 리 동지는 허리춤에 손을 얹고, 가수를 제외한 악기 연주단 구성에 대해 주절주절 지시를 늘어놓았다. 바이올린 누구누구, 첼로 누구, 마림바 누구…

"긴데요, 동지."

"와."

이번엔 가장 고참인 용주 동무가 손을 들고 물었다.

"악단 이름이 뭡까? 연주단원들은 은하수, 모란봉, 공훈에서도 죄 오구, 가수로는 우리 청봉이 나서면요, 이거 대체 이름을 뭐라구 불러야 되나요? 당장 다음 달이면 공연 하러 배 타고 간담서요?"

"아, 내가 말 안 했나? 이미 지어졌어서."

"뭘루 말임까?"

"삼지연관현악단."

* * *

얼마 전, 남조선에 혁명의 바람이 불었다고 리 동지는 말했다. 손향도 아주 처음 듣는 이야기는 아니다. 아버지가 뇌물로 받이온 천연색 텔레비를 통해서도 확인한 내용이니까. 모든 남조선 인민들이 떼거지로 나와 횃불을 든 결과 비로소 진정 새로운 대통령이 탄

생했다고 한다. 그로 말미암아 남조선에서는 희망의 물결이 일었다. 새로이 선출된 대통령이 태평성대를 가져올 것이며, 남조선 인민 모두가 부자가 될 것이라고. 그 이가 전의 지도자들과는 다른 점은 또 있었다. 공화국에 날을 세우지도, 무작정 비난을 퍼붓지도, 미제 괴뢰국과 단합하여 겁박을 하지도 않는다는 점이다. 때문에 김정은 동지께서는 멀지 않은 날에 남조선과 회담을 하시기로 했다고, 리 동지는 싱글벙글 웃으며 말했다. 그리고 그 력사적인 순간에 참여하기 위해 손향이 가수로 뽑혔다는 소식은 연일 가족들을 들뜨게 만들었다.

"야, 정말이니?"

특히 엄마가 자꾸만 알면서 물었다. 퇴근하고 돌아가 보니 손향이 좋아하는 콩고기와 감자조림을 잔뜩 차리고 말이다.

"같은 말 몇 번이나 하게 만들어, 엄마? 정말이래두, 기럼."

"단장 자린? 리 동지가 계속 하니?"

"아니."

"아님?"

"나두 아츰에 들었는데, 아마 현송월 동지가 맡을 거래."

그때 전기 밥가마에서 안내음이 흘러나왔다.

맛있는 백미밥을 완성하였습니다.

밥을 잘 저어주세요. 쿠쿠하세요! 쿠쿠!

엄마가 들고 있던 담요로 얼른 밥 가마를 덮었다. 악단 얘기에 정신이 팔려서 평소보단 조금 늦었다. 엄마는 소리가 완전히 사그라들 때까지 그러고 있다가 다시 물었다.

"에에? 그 볼 것두 없는 에미나이가?"

"흥. 리 동지는 머? 그 자리는 볼 거 있어서 공훈 딱지 얻은 줄 아나? 그리구 현송월 동지가 사전에 남조선에 답사를 다녀왔는데 거 남조선 정치 간부들이 다 굽신굽신거리더래."

"누구한테?"

"현송월 동지한테지 누구야. 제발 사진 찍게 해달라구 사정사정 하더래."

"이야, 그 에미나이 출세했다야."

갓 지은 밥을 젓는 엄마의 안경알에 김이 잔뜩 서렸다. 함께 찐 감자를 먼저 꺼내어 그릇에 담아주자 손향이 기다렸다는 듯이 들고 있던 저가락_{젓가락}으로 푹 찔러 입에 가져갔다. 우물우물.

"다아 우에서 기만큼 좋게 보았단 뜻이지. 내가 봤는데 리 동지두 현 동지 앞에선 고양이 앞에 쥐야, 엄마."

"뎌엉말?"

"응! 아주 현 동지가 이거 해라 저거 해라 턱으로 딱딱 가리키면, 아주 설설 기든데?"

"모양 빠지게."

"응. 우리한테 할 때랑 아주 딴판이야. 히히."

"야, 부러워 할 게 머 있어? 길고 보면 너라고 못 할 것두 없을 것 같은데, 엄마가 보기엔."

"에이, 내가 어째 되나?"

"야, 왜 못 되니? 내 딸이라서가 아이라 니가 머이 못났니? 토대 좋지, 인물 곱지, 기량 좋지."

"하이구 참. 됐구, 아바지한테 말해서 나 봄향기 향수 몇 개나 더 챙겨다줘."

"이미 두 개나 쟁여놓고 승에 안차나?"

"윤미 동무 주게."

"아아, 기래. 안 그래두 전번에 받아먹은 거이 있어서리 마음이 쓰였는데 잘 됐네. 엄마가 아바지한테 말해볼게. 걔두 이번에 간다지?"

"응."

방에 들어와 침대에 누운 뒤에도 설레는 마음에 잠이 오지 않았다.

"야, 왜 못 되니? 내 딸이라서가 아이라 니가 머이 못났니?
토대 좋지, 인물 곱지, 기량 좋지."

한사코 딸이라서 하는 소리가 아니라지만 딸이라서 하는 소리가 맞다. 스물여섯이면 이제 자식 추켜세우는 말도 걸러 들을 줄 아는 나이다.

그래도 거기엔 누구에도 뒤처지지 않는 토대가 있으니 믿고 나아가란 응원이 담겨 있기도 했다. 인정한다. 세계적인 대동강이 내려다보이는 예술인 아빠트에 살 수 있는 것도, 학생 시절부터 당에 무슨 일이 있을 때마다 제일 먼저 뽑혀 올라간 것도 사실 손향의 기량이 반이라면 나머지 반은 집안 토대 덕이었으니까. 할아버지와 할

마니는 나란히 혁명렬사릉에 묻힌 항일혁명투사니까. 게다가 아바지는 그 덕에 김정일 장군님을 지근거리에서 모셔온 분으로 지금은 중앙위_{북한 조선노동당의 최고지도기관}에 계시고, 엄만 가두녀성_{전업주부}이지만 평양외국어학원을 나온 인재 중의 인재다. 모르긴 몰라도 동무 가수들 중에선 손향만큼 토대가 좋은 사람도 없을 것이다. 그러니 어쩌면 엄마의 말대로 빠르면 십 년 뒤엔 손향이 거대한 악단을 이끄는 단장, 그래서 남조선이든 중국이든 어디든 간에 파견되는 특사가 되어 있을지도 모르겠다. 그것이야말로 후학을 양성한다는 핑계로 지방 학교에 처박혀 교원 생활을 하는 것과는 비교도 안 되는 입신양명이요, 누구나 꿈에 그리는 미래다.

'기래. 나두 김정은 동지의 은혜에 보답해야지.'

김정은 동지의 지시로 꾸려진 새 악단

삼지연관현악단

정 가운데

남조선

력사적인 무대

다녀오면 뭐라도 하사받는다. 가수다 보니 악기는 됐고, 배우 칭호니 훈장을 받을 수도 있겠다. 급도 높아지니 생활 형편도 이보다 훨씬 좋아질 것이고. 엄마 말대로 선 자리도 달라질 것이다. 지금은 악단에 전기 기타를 치는 동무 하나가 은근히 추파를 던져 오는데 언감생심이다. 돌아와선 예술인이 다 뭐냐, 중앙당 간부 집에서 혼담 넣고 싶어서 저마다 안달이 날 텐데.

손향은 자기 앞에 주어진 책임감에 몸이 떨려왔다. 머리맡 창가 너머 칠흑같이 까만 밤하늘에 별이 총총 빛났다. 생각은 꼬리에 꼬리를 물어 어떻게 해야 이번 남조선에서 있을 평창겨울올림픽 참가 공연에서 눈에 띄는 성과를 올릴 수 있을까- 하는 궁리로 밤새 이어졌다.

* * *

2018년 2월 6일 오전 10시.

원산에서 출발한 지 얼마쯤 됐을까? 검푸른 바다를 지나온 만경봉 92호 선내에 안내방송이 울려 퍼졌다.

단원 동무들! 곧 남조선 땅에 우리 배가 도착함을 알려드립니다. 모두 지시가 있기까지 대기하십시오.

그러자 일제히 선창에 달라붙었다. 서로 밖을 내다보겠다고 가벼운 다툼도 벌어졌다. 과연 동해 해상경계선을 통과하여 저 멀리 남조선 땅, 강원도 묵호항이 보였다.

푸른 한반도기가 바닷바람에 펄럭이는 가운데 그 주변에는 넘실거리는 검은 머리들로 북새통을 이루었다. 그 모두가 북에서 온 예술단원들을 보기 위해 몰려든 사람들이다. 그 광경을 보고 있자니 바닷물결 만큼이나 들뜬 감정이 단원들 사이에서 출렁였다. 허벅지를 타고 등과 팔뚝에 소름이 끼쳤다.

남조선 대통령의 외모가 참 준수하다는 이야기가 여성 단원들 사이에서 나오며 분위기가 고조되자, 대화의 우위를 점하고 싶은지 이미 2000년도에 한 번 서울 공연에 와 본 적이 있다는 리진혁 동무가 별것 아닌 척 짝다리를 짚고 여유를 부렸다. 그러나 그의 얼굴에도 흥분은 쉬이 가시지 않았다. 언제나 그렇듯 조국이 하나가 된다는 것은 감격스러운 일이니까.

배를 정박하고도 수 시간이 흘렀다. 어느덧 오후 5시.

이윽고 내릴 준비를 하는 동안 어수선하고 들뜬 공기를 환기시킬 목적으로 현송월 단장이 말했다.

"모두 내린 뒤에는 묻는 말에 대답하지 말라. 무조건 웃음으로 화답하면 되고, 사진요청에는 따로 응할 필요 없다. 명심하라."

"예!"

"괜히 입을 벌린다든지 두리번거린다든지 추잡 떨지 말라. 어깨 쫙 피구 고개 빳빳이 들라. 우리는 공화국을 대표하여 온 자랑스러운 예술렬사들이다. 무대도 전선이라는 것을 절대 잊디 말라."

"예!"

모두 다부지게 고개를 끄덕였다. 문화사절단으로서의 자부심으로 한껏 고양된 눈빛들이다. 그리고 현 단장은 출발할 때 하던 이야기를 또 반복했다. 잊을 만하면 꺼내는 게 벌써 네 번째다. 삼사십 년 전에 남조선 괴뢰 간첩들이 공화국의 원산으로 몰래 숨어 들어온 적이 있는데 그들이 출발한 곳도 다름 아닌 곧 내릴 강원도의 이

'묵호항'이라고. 그때 괴뢰 간첩은 인민군 내무반 막사에 폭탄을 떨어뜨리려고 했지만 패배했다고 말했다. 그러니 이번에 우리도 그들 앞에서 또다시 '승리'를 거두자는 것이 요점이었다. 미제 폭압의 손아귀에서 남조선을 독립시켜 진정한 평화통일의 길을 이룩하자고. 그러한 현 단장의 지시는 착실하게 잘 지켜졌다.

"어떤 마음가짐으로 오셨습니까?"

"남한에 오신 소감이 어떻습니까?"

"한 말씀 해주십시오!"

"어떤 노래를 부르실 예정입니까?"

기자들 중에는 누런 머리, 붉은 머리도 섞여 있었다. 남조선 뿐 아니라 외국 오만 곳에서도 몰려든 모양이다. 하기야 위대하신 김정은 동지께서 북남의 화합을 천명하였으니 당연한 일이다.

그런데 인파 속에는 말썽을 부리는 인간들도 심심찮게 보였다. 어디선가 불길이 치솟아 보니 인공기를 태우는가 하면, 고래고래 소리를 지르기도 했다. 북남 통일을 방해하는 저열한 인간들. 어쩌자고 하나뿐인 인생을 저따위로 사는가? 하지만 오래도록 뇌리에 각인된 건 어느 작자가 기자들을 제치고 달려와 대뜸 소리치던 말이었다.

"여러분들이 읽고 쓰는 한글을 누가 만든 줄 아십니까? 바로 조선의 세종대왕입니다!"

그는 남조선 안전원들에게 끌려가는 순간까지도 지긋지긋하게 발악했다. 한 손에는 록색 지폐를 흔들며.

"김일성이 아니라 세종대왕이!"

나중에 이를 두고 악장 동지가 코웃음을 쳤다.

"대와앙? 참나. 하다하다 리조 시대 단물이나 빨아먹는 얼빠진 놈을 다 보네. 봉건 조선은 그저 의병투쟁과 농민투쟁만이 있을 뿐이디."

어쨌거나 다시 뻐스에 몸을 싣기 위해 두 줄로 이동하는 동안 수많은 사람들이 노래를 불렀다.

우리의 소원은 통일-

꿈에도 소원은 통일-

현송월 동지가 그토록 단속을 했지만 인간으로 태어난 이상 어떻게 아무렇지 않을 수가 있나? 당연히 심장이 벌렁거리고 형언할 수 없는 전율이 일었다. 너나 할 거 없이 통일을 염원하는 열기는 부싯돌이 부딪듯 메마른 가슴 속에서 솟구쳤다. 눈시울을 적시는 늙은이도 보이고, 어린 학생들도 보였다. 이 력사적이고 세계적인 잔치에 참여하기 위해 무던히 애를 쓰지 않으면 안됐던 날들이 몇 날이던가.

"이토록 뜨거운 동포애로 반겨주시니 통일이 머지않아 보이는 것 같아 매우 기쁩네다."

쏟아지는 질문 세례에 누구 하나는 대답해야 했고, 계획대로 현송월 동지가 그 몫을 해냈다.

삼삼한 눈이 마주친 그녀가 손향을 향해 미소를 띠었다. 그녀는 손향을 아낀다. 아니 아끼는 축에 가깝다고 해야 맞다. 손향이 내로라하는 집안이기도 하거니와 자고로 개를 때릴 땐 그 주인을 보라는 말이 있는데, 손향의 경우 그 주인이 리설주 동지였다. 분명 계기는 있었다. 언제고 학교 행사 때 '청춘'을 무대에서 부른 적이 있었는데, 그것이 리설주 동지의 마음을 훔친 것이다. 고백하자면 의도한 것이 맞다. 원래 민요를 부르기로 했는데 동지께서 오신다니까 부랴부랴 그분의 애창곡을 선곡했고, 잘 보이기 위해 일부러 화법과 목청까지 따라 했다. 결과는? 보다시피 승승장구다. 김정은 동지와의 혼인으로 여사에 오르신 그분의 빈자리를 누군가는 채워야 했고, 그건 다른 누구도 아닌 손향이어야 했다. 손향이 그렇게 만들었다. 그것이 손향이 타고난 토대가 아닌 자력으로 일궈낸 '첫 성공'이었다. 일각에서는 어떻게든 딸랑거린다며 비아냥댔지만, 살면서 뒤처지고 도태된 종자들의 한심한 뒷말에 일일이 반응하는 것처럼 시간 낭비도 없다. 그렇듯 손향의 몸에는 언제나 뜨거운 피가 흘렀다. 어떻게든 악착같이 성공하고 말겠다는 집념의 피가. 현송월 동지도 그 피의 온도를 느낀 걸까? 손향을 향해 한 번 더 눈도장을 찍듯 짧은 미소를 머금었다.

이윽고 단원들을 실은 뻐스는 숙소로 향했다. 호텔 내부는 으리으리했지만, 다들 최대한 건조함을 유지하려 애썼다.

"세상에! 이것 좀 보라."

윤미 동무가 손향이 들을 수 있을 정도로만 나지막이 속닥였다.

"머를?"

"랭동기_{냉장고}에 단물들이 아주 많아."

"어데?"

"여 봐라. 꼭 양각도_{양각도 국제호텔} 같지?"

'여기가 더 좋다'라고 손향이 입을 뺑긋거렸다.

"손향 동무 식탁 우에 봤서?"

"응. 설기빵_{카스테라}같은 것도 있더라."

"먹으면 안 되갔지?"

"별도의 지시가 떨어지기 전엔."

그때 가장 고참인 용주 동무가 쌀쌀맞은 어조로 말을 가로챘다.

"바로 갈아입고 나갈 건데 먹을 새가 어데 있어?"

그러면서 아까 배에서 내릴 때 본 남조선 인민들에 대해 빈정거리기 시작했다. 꼬투리를 잡은 것이다. 응원이란 건 무릇 모가지에 핏대 세워가며 악만 쓴다고 될 일이 아닌데, 남조선 사람들은 고래고래 소리만 지르면 다인 줄 안다는 것이다.

"자고로 응원이란 거슨 활동하는 동무에게 기운을 북돋아 주는 혁명적인 예술 활동인 법인데 말이야. 요령과 운율도 없이 기게 머라니? 아참, 손향 동문 남조선 기자한테 와 자꾸 대꾸해주구 그랬서?"

"'네' 소리, 이거 한 번밖에 안 했어요. 그리구 자꾸 말 붙이는데 어째요?"

"독단으로 눈에 띄고 싶으면 계속 그러든가."

제일 뜻이 맞는 윤미 동무와 한방을 쓰게 되었으니 망정이지 안 그랬더라면 밤새 가시방석이었을 것이다. 용주 동무 말이다. '달려가자 미래로' 가무 곡에서 혼자 나이 많다고 빠진 것에 대해 아직도 분풀이가 끝나지 않은 건 또 뭐람. 그렇게 억울하면 좀 늦게 태어날 일이지. 남조선 가수 리선희 동무의 'J에게'를 독창이 아닌 송정 동무와 함께하는 것 역시 불만일 거라고 윤미 동무가 맞장구쳤다. 어째 그리 마음 씀씀이가 밴댕이 소갈딱지 같은지.

이튿날, 공연 당일.

<2018 삼지연관현악단 공연> 이라는 현수막이 크게 내걸린 가운데, 남조선 관객들이 삼삼오오 입장해 자리를 메꾸었다. 생각보다 년령대는 높았다. 그러나 무엇보다 중요한 것은 그들을 계몽하고 일깨워야 한다는 사실이다. 그들의 사상과 신념을 지배하는 미제괴뢰의 찌꺼기를 확실히 소각시키는 것이야말로 우리 예술의 궁극적인 목표요, 존재의 명분이다.

'그들은 우리의 반쪽이니까. 우리의 형제니까. 우린 하나니까.'

세상이여 부러워하라!

우리를 부러워하라!

원수님 사랑의 축복을 받은

인민의 행복 끝없네

이 노래를 불렀을 때는 남조선 인민들이 모두가 얼이 빠진 표정을 지었다. 박수 박자도 놓칠 만큼 가수들에게 홀린 것이다. 애써 아닌 척 해도 감정이라는 것이 그렇게 말처럼 쉽게 숨길 수 있는 게 아니잖은가? 그들은 진정으로 북조선을 부러워하고 있는 게 틀림없었다. 온몸으로 느낀 사실이다. 손향은 더욱더 힘이 솟아 필승의 신념으로 목 놓아 불렀다.

마지막 서울 공연에서는 모두가 한뜻이 되어 통일을 염원했다.

잘 있으라 다시 만나요-

잘 가시오 다시 만나요-

목 메여 소리칩니다-

안녕히 다시 만나요

공연이 끝나자 남조선 인민들은 요란한 반응을 보내왔다. 조금이라도 눈을 마주치고 손을 흔들어 주면, 거기에 감격해서 눈물을 흘리고, 사진 못 찍어 죽은 귀신이 붙은 것 마냥 인정사정없이 찍어댔다. 과연 듣던 대로다. 그 유별남은.

조국으로 돌아가는 마음은 홀가분했다. 김정은 동지께서 달성하시고자 하는 주체 혁명의 위업에 미약하게나마 힘을 보태었다는 기분에.

하지만 중요한 것은 그것이 아니다. 남조선 공연을 마치고 돌아온 이후로 손향이 무대에 오르지 못한 것은 그녀의 기량이 부족해서가 아니다. 간밤 사이 윤미 동무와 남조선 호텔 식탁 우에 있던 설기빵을 허락 없이 먹어서도 아니고, 나중에 독도는 누구의 땅이냐는 일본인 기자의 질문에 "독도도 *우리 조국입니다.*" 라고 대답해서도 아니다. 처음엔 그녀 자신도 리유를 몰랐다.

어째서 이 자리까지 오기 위해 바쳤던 모든 로력과 정성이 쑥대밭이 되어야 했는지.

어째서 위에서 그러한 '1호 특별 지시'가 내려왔는지.

어째서 아바지가 죽어야만 했는지.

그 모든 의문은 엄마의 마지막 절규를 듣고 도망을 친 그날부터 원망으로 바뀌었다.

"도망치라우. 날래. 뛰어 내리라우…!"

3장
단둥

눈에 띄게 돈독해진 우리 남매가 의기투합하여 '평양골드러시'에 돌입한 건 그로부터 딱 열흘 뒤였다. 아! 그 전에 쇠뿔도 단김에 빼랬다고 먼저 증조부에 대해 이런저런 조사를 시작했다. 뭔가 찝찝해서 말이지. 도서관에서 친일인명사전부터 뒤졌다. 그래도 어떤 기록이나 문서가 남아있지 않아 얼마나 다행인지. 다만, 평안도에 사는 한 부호가 전기를 끌어오기 위해 총독부의 인맥을 이용했다는 정도의 기록은 오래된 향토 자료에 한 줄로 남아 있었는데, 그 부호가 과연 증조부인가에 대한 여부는 더 알아볼 문제다.

프로젝트를 위해 경찰인 나는 잠시 휴직계를 냈고, 인지는 다니던 회사를 아예 그만두었다. 로또 1등에 연달아 당첨되는 것보다 더 큰 돈이 손에 들어온다는 단꿈에 빠졌는지 사장이 *"인수인계는 해주고 가야지. 그럴 거면 퇴직금이고 뭐고 없어."* 하는 걸 *"그러시든가요."* 하고 응수했다고 자랑하는 게 바로 내 동생이다. 결국 도로 가서 간신히 받아내기까지 입씨름을 벌인 건 너무나 구질구질한 사연이라 어디 가서 말도 못 하겠다.

좌우지간 현대판 헨젤과 그레텔이 된 우리는 땅에 떨어진 과자가 아니라 땅에 묻힌 금괴를 찾으러 2024년 2월 27일, 중국 단둥으로 향했다.

한국의 꽃샘추위 정도로만 여겼는데 본격적으로 영하 12도의 한파가 몸을 풀고 있을 줄이야. 맹렬한 추위가 온몸을 향해 잽을 날렸다. 이거 너무 과격한 환영 인사인 걸. 위도의 차이가 이토록 대단하다니 새삼 지정학적 위치의 중요성을 곱씹던 그때,

"오빠 찾았다!"

인지가 가리킨 쪽을 보니 한글과 한자가 뒤섞인 이색적인 간판들 틈에서 '충북 오리고기'가 잔뜩 먼지 낀 얼굴로 우릴 향해 얼굴을 내밀었다.

피이잉…

석유곤로 위에 올려둔 양은 주전자의 주둥이에서 일직선으로 김이 뿜어져 나왔다. 들썩이는 뚜껑 위로 피어오르는 물 아지랑이.

사무실은 작았다. 벽에 붙은 한자투성이의 지도와 사무용 책상 한두 개는 한국에서 흔히 볼 수 있는 공인중개사 사무실 같기도 했다. 브로커들이 이렇게 조직적으로 움직였나? 어쨌거나 탈북민 커뮤니티에 잠입해서 알아낸 바에 따르면, 일 년에 수십 명을 탈북시키는 그야말로 프로페셔널한 브로커라고 하니 일단 컨택은 해보자.

우리를 껍질이 다소 벗겨진 허름한 소파로 안내한 브로커의 입에

선 시종 덜그럭거리는 소리와 함께 홍삼 냄새가 진하게 풍겼다. 그는 상대의 기력을 가늠하려는 듯 혼자 중얼거리고 괜히 고개도 끄덕였다. 그리고 테이블 위에 올려둔 신분증을 무미건조한 눈길로 내려다보며,

"최인찬 씨, 최인지 씨…" 그러곤 번갈아 보더니, "관계가?"

"남매입니다."

"아, 남매…"

"네."

"음… 평양에 가고 싶다…? 평양엘…"

그는 점사를 내기까지 방울을 흔드는 점쟁이처럼 삐딱하게 꼰 다리를 정신 사납게 떨어댔다. 그리고 뚝 멈추더니,

"내 말 고깝게 듣지 않았으면 좋겠는데."

"……?"

"당신네들 같은 사람들이 참 많거든요. 이게 무슨 얘기냐 하면…"

우리처럼 북한에 있는 조상의 재산을 찾겠다며 찾아온 남한 사람들이 많다는 얘기다. 대표적인 게 부동산.

"이게 세 번 들썩였거든요?"

"언제요?"

"90년대에 독일 애들 통일됐을 때 한 번, 김대중 때 한 번, 그리고…"

문재인 정권 때 갑자기 봄바람이 불면서 한 번. 위치는 다양했다. 평양부터 함경도, 평안북도, 황해도 등등. 그런데 그중엔 간혹 특이

한 사람도 있는데, 북·러 접경지역에 땅을 되찾을 수 있냐는 문의였다. 나중에 통일이 되면 다른 덴 몰라도 그쪽이 금싸라기 땅이라나 어쨌다나. 삼국이 몰려 있는 데다 교통의 요충지라느니 글로벌 허브라느니. 그런데 그것도 다 옛말이고 통일될 것 같지도 않은 요즘은 그 반대가 더 많은 추세다. 바로,

"거꾸로 북한 사람들이 탈북하죠. 남한이 잘 사는 거 아니까. 가서 재산 분할하려고."

"그게 가능합니까?"

"불가능하죠. 재산이래야 몇십억도 아니고 많아야 몇억인데, 미쳤다고 그걸 누가 나눠줍니까? 부모도 다 돌아가시고 없는 마당에 배다른 형제한테? 안 그래요? 결국 그러다 법정 간 사람들 내가 몇 명 봤어요. 요즘 북한 사람들, 남한 사람들 못지않게 많이 똑똑해졌거든."

"……"

"그나저나 사람들이 하나만 알고 둘은 모르거든요? 툭하면 북한 사람들이 탈북해오니까 무슨 북한을 내 집 드나들 듯 하는 줄 안단 말입니다? 우리도 이 짓 목숨 걸고 하는 건데. 더구나…"

우리 쪽을 힐끔 보며 이어서 말했다.

"브로커 혼자 들어가도 위험한 데를 꼭 본인들도 직접 들어가겠다니 원… 고집부릴 게 따로 있지, 안 그래요? 그럴 땐 아주 난감하거든요. 하하."

인지는 예상과 다르게 초장부터 난관에 처하자 망연자실했지만

난 다 안다. 이 능구렁이 같은 브로커가 먼저 선수 쳐서 앞질러 가려 한다는 것을. 한 마디로 위치만 알려주면 혼자 들어가서 자기 혼자 쓰윽 해 잡수시고 이나 쑤시겠다, 이 뜻. 만에 하나 그 자리에 금괴가 없다고 해도 브로커 입장으로선 수수료 50%를 선불로 받아 챙겼으니 절대 손해 보는 장사가 아니다. 무엇보다 북한에 드나드는 것이 쉬운 중국 국적자라는 걸 내가 모를까 봐? 휘말려선 안 된다. 인지는 더 졸라볼 태세였지만 그만두기로 하고 그 길로 사무실을 나왔다.

'어쩐다? 다른 브로커를 찾아가자니 자기네들끼리 이미 연계가 다 되어 있는 거 아냐…?'

사전 조사가 미흡했나 싶던 그때, 층계참에서 두 남자의 옥신각신 다투는 소리가 들렸다.

"그러니까 비자 위조하지 말라고 몇 번 말했어?"

"누가 그래? 내가 위조했다고?"

다른 한 남자가 눈에 쌍심지를 켜고 따지고 들었다. 행색도 부항 자국이 훤히 드러나는 누런 런닝셔츠와 칠부바지 차림에 슬리퍼까지 신고 있어서 형편없었다.

"그게 중요한 게 아니잖아."

"아하, 그년이네. 미용실 차려달라고 조르더니 내 뒤통수를 쳐? 만나면 넌 뒤졌다."

"됐고. 당분간 쉬어."

"얼마나?"

"몇 달만."

"몇 달이나? 나 돈 벌어야 돼!!"

"그건 네 사정이고! 그러게 누가 위조하다 걸리래?!"

"아, 진짜, 한 번만 넘어가주라, 좀!"

그렇게 티격태격하며 몇 마디가 더 오갔고 질책을 하던 사람이 자리를 뜨자 문제의 남자는 망연자실한 채 발을 동동 굴렀다. 급기야 분을 이기지 못해 창틀을 주먹으로 치더니 담배를 입에 무는 저 가오 빠지는 뒷모습이란. 쯧쯧. 그는 추위도 잊은 채 담배를 피워대며 무슨 된 발음 따위를 중얼거렸는데, 굳이 뜻을 알려고 할 필요는 없다. 세상 어떤 언어는 내뱉는 순간 공기가 썩어들어 간다.

"이봐, 아저씨!"

나는 얕보이지 않으려고 일부러 거만하게 불렀다.

"뭐?!"

입에 담배를 문 채로 그가 신경질적으로 뒤돌아봤다. 어디 건드려 봐라- 하는 표정이다. 내가 사실 돗자리를 펼 정도로 관상에 대해 해박한 건 아니지만, 서에 들락거리는 놈들의 낯짝만 봐도 대략 무슨 카테고리의 전과인지 인상 하나는 잘 본단 말씀. 그로 말할 것 같으면

"사람을 불렀으면 말을 해야 될 거 아냐!"

반항적인 얼굴에 돈이라면 섶을 지고 불 속에도 뛰어들 불나방 같은, 그리고 우리만큼이나 돈이 간절한 인간.

"돈 벌고 싶어?"

전과는 없어도 범칙금 딱지는 많이 받아봤을 것 같은 그의 표정이 천천히, 아주 천천히 풀렸다.

* * *

"오케바리! 접수!"

박수를 찰지게 두 번 짝짝 치며 그가 말했다.

우리 남매의 프로젝트에서 사업성을 본 그는 연신 신이 나 있었다. 어쩌면 우리보다 더? 이쪽의 사정을 말한 뒤에 그쪽에 대해서도 간략하게 들은 바에 의하면 나이는 사십 오세, 미혼(이지만 말하는 걸로 봐서 동거녀와의 사이에서 애 하나 있는 듯), 브로커 경력 십수 년, 최근에는 개인 사정으로 일을 못 하게 됐는데 그렇다고 가만히 놓고 있자니 심심하고 해서 내 일을 도와주겠다는 입장. 물론 새빨간 변명인 건 삼척동자도 다 아는 사실이니까 패스.

피차 돈 벌려고 만난 사이에 자세한 통성명까진 할 필요 없고, 그저 원 씨라고 불러 달란다. 그러면서 자기 딴엔 무슨 수가 있는지 브이 자 손가락을 들어 보였다.

"평양으로 가는 방법은 크게 두 가지야. 항공, 열차."

"우린 비행기 못 타잖아."

"맞아. 댁들은 못 타." 하고 검지를 접자 가운뎃손가락만 남은 채로 이어서 말했다. "열차만이 유일한 길이야."

"우리가 탈 수 있을까?"

"중국인 관광객인 척하고 들어갈 수는 있는데 금방 들통나지."

"전적이 있어? 거 손가락 좀 접지."

"있어. 그때도 한국 사람. 근데 걔들은 재미로 들어갔다가 간신히 빠져나왔어. 젊은 애들이었거든."

원 씨는 불을 붙인 뒤 라이터를 테이블 위에 소리 나게 올려두며 이어서 말했다

"근데 뉴스에 왜 안 나왔냐고? 그때 쉬쉬하는 분위기였어. 그러니까 안 나왔지. 가지 말라는데도 부득부득 기어들어 갔다가 험한 꼴 당하고 왔어, 걔네. 뭐 그래도 살아 돌아온 건 조상이 도왔다 치고. 아, 그게 뭐야, 구질구질하게."

그러다 옆에서 인지가 끼어들었다.

"유튜브 보니까 어떤 한국 아저씨도 막 들어가던데요?? 에릭 킴인가?"

"그 양반은 깜장 머리 아메리칸."

"교포였어요?"

"그러니까 들어갔지. 그 사람이 유튜브에 올린 거 곧이곧대로 믿을 거 없어. 알아주는 친북주의자거든. 영상에 진실성이 없어요, 진실성이."

"잠깐만, 원 씨. 비행기는 당연히 안 되고, 열차도 금방 들켜서 안 된다고 하면 결국 방법은 없다는 거잖아?"

"나를 통하면 있지."

"그러니까 그게 뭔데? 뭘 그렇게 뻥뻥 돌아가?"

"그 전에 분배부터 확실히 하자."

대화의 흐름상 진작 나왔어야 할 질문이고, 반드시 짚고 넘어가야 할 문제였다.

"좋아. 그래도 우리 한국에서 왔는데 야박하게 굴진 말자?"

"이거 왜 이래? 장모 떡도 맛이 좋아야 사 먹는단 말도 몰라?"

"야박하네. 같은 민족끼리."

"비즈니스에 민족이 어디 있습니까요?"

"이 대 팔."

"삼 대 칠."

"무슨 소리야. 이 대 팔도 삼 대가 팔자 고치겠구만."

"석 달 열흘 삶은 호박에 이빨도 안 들어가는 소리 말어."

"어쩔 수 없어. 더는 못 줘. 이대로 진행해."

"염병할. 을사조약이 따로 없네. 잘 들어."

원 씨는 답답하다는 듯이 재떨이에 담배를 신경질적으로 짓이겨 끄며 말했다. 상체를 앞으로 기울이고.

"탈북자들 어떻게 도망쳐 오는지 모르지?"

"그걸 우리가 어떻게 알아?"

"잠깐 내가 스탠다드로 설명해줄게, 잘 들어. 보통 압록강 아니면 두만강 넘어서 중국에서 고생 짤짤이하고 야간버스 타고 열차 탄단 말이야? 그 길로 쿤밍으로 가고, 그다음에 라오스 아니면 미얀마로 경유해서 태국을 거치고 염병하고 그래서 남한에 들어가는 게 기본 루트야. 물론 이건 어디까지나 중간에 북송 안 당한다는 전제하에!

육 개월 안에 성공한다는 전제하에! 여기까지가 얼마일 거 같아?"

"세상에… 왜 그렇게 빙빙 돌아요?"

가격흥정에 있어서 포커페이스가 생명이라고 그렇게 주어 일렀건만. 인지의 말 같지도 않은 반응에 내가 옆구리를 찌르고 대신 물었다.

"얼만데?"

"사오천."

"장난쳐? 나 경찰이야. 거짓말 좀 하지 마."

"얼레?"

"탈북자들이 사오천이 어디 있어, 이 양반아. 당장 굶어 죽게 생겼는데."

"그래서 남한에 간 애들이 뭐 빠지게 일하잖아. 잔금 갚으려고. 걔네 남한에서 정착금 300 받지? 그럼 제일 먼저 거기서 200을 우리한테 보내는 거야. 몰랐어? 반반한 애들은 텔레비전에도 나오고. 그거 다 돈 벌려고 하는 짓이잖아. 설상가상 가족들까지 데려오려면 사오천도 푼돈이야. 좌우간에 이것도 코로나 이전 시세라고. 그런데도 그 값을 치르면서까지 탈북하는 이유가 뭐겠어? 제대로 한번 인간답게 살아보려고 그러는 거잖아?"

"아, 그래서 뭐. 결론이 뭔데? 삼 대 칠 같은 소리 할 거면 때려치우고."

"답답하네, 이 양반 증말! 내 대가리에 언제 총알이 박힐지도 모르는 게 탈북이라면, 월북은 그냥 옛다 원 없이 골고루 쏘슈- 하고 몸뚱아리를 코앞에다 들이미는 거야, 알기나 해? 탈북보다 열 배, 백 배는 힘든 게 월북이라고! 그런데 그만한 돈도 못 줘? 나 막말로 사 대 육 하려다 말았어, 이거 왜 이래? 안전하게 직빵으로다가 평양에 모셔다 주고, 모셔 오겠다잖아? 왕복으로! 나처럼 사기 안 치고 정직한 브로커 있으면 나와 보라고 해! 나와 보라고 해!"

"잠깐."

'직빵'이라는 단어에 솔깃한 나는 도중에 말을 끊었다.

"바로 간다고? 평양으로?"

원 씨는 한 템포 쉬듯 숨을 뱉으며 대답했다.

"그렇다니까."

"의심 안 받고?"

"한 80퍼센트 정도는…?"

"정말이야?"

"아, 속고만 살았나?! 난 빈말은 해도 없는 말은 할 줄 모르는 사람이야, 왜 이래."

그게 무슨 차이지, 하고 인지가 혼란스러운 얼굴을 지었다.

원 씨가 다시 담배를 꺼내 물었다. 이쯤에서 누가 아쉬운 입장이고, 누가 우위에 선 입장인지 일깨워주려는 모양인가 본데, 그럼에도 아까 그 충북오리집 브로커와는 다르게 이상하리만큼 믿음이 갔다.

"출발은 당장 내일이라도 가능?"

"고객님이 원하신다면."

"근데 댁 혼자 우리를 리드한다는 게 가능하겠어?"

"역시 경찰이라서 그런지 예리하네."

원 씨는 본인도 북한을 들락거렸지만, 평양 중심부로 들어가는 건 드문 경우인 만큼 아무래도 위험 요소를 무시할 수 없다고 했다. 더구나 주소만 보고 찾아가기에 '검문'이라는 장애물도 있는 데다 초행길이라는 핸디캡까지. 그런데 그런 평양을 이 잡듯이 들쑤시고 다니면서 용케 단속에 안 걸리는 사람이 마침 딱 있단다. 주소만 대면 삼엄한 경비 다 뿌리치고 지름길로 바로 데려다 줄 수 있는.

"꽃제비."

"꽃제비??"

나와 인지가 놀란 얼굴로 동시에 소리쳤다. 가끔 뉴스에서 북한의 식량난에 대해 보도할 때 나오던 자료화면이 떠오른 것이다. 꾀죄죄한 옷차림에 어디 먹을 거 없나, 후미진 골목을 배회하는 그 초라하고 자그마한 아이들.

"말이 돼? 겨우 애잖아."

"앤데, 그냥 애가 아니야. 쥐새끼야, 쥐새끼. 통행증 없이도 이리저리 잘도 숨어다녀. 10호 초소도 있으나 마나야, 낄낄. 아주 평양 바닥이 지 나와바리라니까. 형씨도 그 쥐새끼랑 있으면 쪽도 못 쓸 걸? 낄낄."

10호 초소가 뭐냐, 바로 타지 사람이라면 반드시 거친다는 검문소다. 지날 때 통행증을 제시해야 하는데 말처럼 그렇게 가볍게 여길 시설은 아니고, 보위부 소속인 만큼 감시가 삼엄해서 평양 입성

자체가 하늘의 별 따기. 그런데 그런 10호 초소를 우습게 건너뛴다고? 그 구걸하며 사는 꽃제비가?

원 씨가 확신하듯 말했다.

"믿어도 된다니까?! 그래서 거기가 어딘데?"

종이를 쓱 넘겼다. 원 씨는 주소를 실눈으로 훑어보더니

"쉽지 않겠네. 지금 서문동 자리야, 여기가."

"어떤 동넨데?"

원 씨는 묻는 말에 대답은 하지 않고, 테이블 밑에서 웬 두툼한 구형의 태블릿을 꺼냈다. 그리고 온통 한자로 쓰인 지도 포털을 보여주며 말했다.

위도 39°02'08.46 경도 125°45'01.56

"대략 여긴데. 한국으로 따지면… 용산 대통령 집무실하고 재벌가 부촌이 그냥 한자리에 몽땅 몰려 있다고 보면 돼."

"어머머!"

인지가 소스라치듯 놀랐다. 어느새 얼굴엔 황홀한 미소가 번져 있었다. 그렇게 대단한 곳이었다고? 할머니의 고향이? 물론 북한 정권 들어서기 전에 사신 곳이라지만 의원데? 광복과 함께 사라진 행정구역. 지금은 평양의 노른자위로 인민대학습당인가 뭔가와 만수대예술극장이 있는 곳이라는데, 만수대 예술극장이라 하면

"왜 TV에서 가끔 봤을 걸? 김정은이가 지 마누라랑 들어앉아서 공연 보면서 박수치는 데."

"야, 이거 어마어마한 동네 맞네."

"그렇다니까? 거기는 죽었다 깨어나도 아무나 못 드나들어. 더구나 금괴 찾으러 가는데? 꽃제비는 필수지."

"그렇긴 한데… 생각지도 못했던 일행이 생겼잖아."

"걱정 마. 딱 걔까지만이야."

"단 한 명?"

"그럼 뭐 우르르 몰고 댕기게?"

"질문 하나 더. 걔가 뭘 할 수 있는데?"

"형씨가 못 하는 건 다."

"좋아. 근데 걔도 사람인데 바라는 게 있을 거 아냐?"

"큰 거 바라지도 않아. 부리는 동안은 배곯지 않게만 해주면 돼."

"겨우?"

"뭐, 정 찝찝하면 금괴 하나 쥐여주든가."

"그게 얼만데…!"

"낄낄. 농담이야, 농담. 어차피 꽃제비들한텐 먹을 게 최고야. 금괴 쥐여주면 오히려 욕먹는다고."

"하여튼. 그럼 여기서 북한 땅까지 도착하는 데 얼마나 걸려?"

"신의주까지…"

원 씨는 척하니 테이블 위로 다리를 올리며 삐딱한 자세로 앉았다. 그리고 무럭무럭 피어오르는 연기 너머 자신만만한 얼굴로 말했다.

"3분."

* * *

이튿날. 2월 28일.

서울에서 가져온 두툼한 기모바지를 입고 그 안에 양말은 산악용으로 종아리까지 올려 신었다. 어느 정도 연배 있어 보이는 중산층 평양 남자로 보여야 하므로 겉에는 엉덩이까지 덮는 회녹색 점퍼를 입었다. 끝으로 허름한 보스턴백을 한 손에 들고 화장실 거울 앞에 서자 그것만으로도 인상은 물론 국적까지 달라 보였다. 왜 어른들이 옷을 날개에 비유했는지 겪어 보니 알겠다.

"앗, 따가워."

어젯밤에 싸구려 염색약으로 급하게 염색한 탓에 두피가 화끈거렸다. 이게 다 원 씨가 갈색빛이 감도는 내 머리 색을 걸고넘어져서 그렇다. 자본주의 황색바람을 불러일으키기에 안성맞춤이라나 뭐라나. 아무튼 원 씨의 당부를 떠올리며 마지막으로 근처 시장에서 구입한 밤색 털모자를 뒤집어썼다. 완벽하다.

거울 앞에서 요리조리 패션쇼를 한 뒤, 안주머니에서 어젯밤에 원 씨로부터 건네받은 수첩 두 개를 꺼내 보았다. 하나는 **공민증**이다. 왼편엔 내 얼굴을 합성해 붙인 흑백사진이, 오른편엔 이름, 남녀별, 민족별, 난 날출생일과 난 곳출생지 등 실제 북한 주민의 인적사항이 적혀져 있었다. 그 밑으로 크게 '조선민주주의인민공화국'이라는 붉은 직인이 찍혀있다. 그리고 또 하나는 **평양 시민증**. 이게 참 중요한데, 한국과 달리 북한은 수도인 평양에 사는 사람들에게만 별도의 시민증이 발급된다. 통행에 자유가 없는 북한에서 평양 시민만큼은 전국 어디든지 막힘없이 돌아다닐 수 있다는 뜻이다. 앞서 말한 10호 초

소를 지날 때도 당당하게 지나고. 쉽게 말해서 평양시민 한정 프리
패스라고 보면 되겠다. 기재된 내용은 공민증과 다를 바 없다. 그냥
별도의 특.별.신.분.을 보장해줄 뿐이다.

어쨌거나 우리는 실존하는 북한 주민으로 탈바꿈되어 열차에 오
르게 될 것이다. 즉, 신분 위조가 아니라 신분 교환으로 들어갈 계획
이란 뜻.

손목시계를 힐끔 보자 아침 6시 50분이다. 곧 원 씨와 만나기로
한 시간이 성큼 다가왔다.

부산한 발걸음으로 넘실거리는 단둥역 광장.

유달리 손발이 찬데다 8월 말에 집어넣은 전기장판을 9월 초에
다시 꺼낼 만큼 추위를 잘 타는 인지는 옷깃을 여미고 오버하게 덜
덜 떨었다. 이러다 병나서 못 간다고 하는 건 아닐까 싶었지만, 잘
생각해 보면 최인지가 누군데? 금괴를 나 혼자 차지하는 꼴을 가만
두고만 볼 애가 아니지. 아무렴, 회사까지 관둔 마당에 걱정은 금물.
모자를 꾹 눌러쓰고 어디 앉을 데라도 없나 찾던 찰나에,

"오빠 이거 어때?"

인지가 스마트 폰을 들이밀며 말했다.

"연예인들이 쓰는 냉장고거든. TV에도 나온 건데 미국 거야. 엠
마 왓슨이랑 패리스 힐튼도 집에다 이거 들여놨대, 대박. 나중에 결
혼하면 혼수로 해 갈까? 히히."

"얼만데?"

"천 팔백."

"미쳤냐? 그리고 허구한 날 배달음식 시켜 먹는 애가 냉장고는 커서 뭐 하게? 한두 푼짜리도 아니고."

"어차피 우리 돈방석에 앉으면 천 팔백이 대수야? 게다가 여기에 와인셀러도 있어!"

"좋네."

"그래서 주문했어."

"뭐??!"

"계약금만 걸었고, 잔금은 그때 주면 된대. 오는 데 이 주 소요되고. 히히. 아! 오빠, 저 사람 아냐?"

나는 얼른 몸을 돌렸다. 저쪽에서 원 씨가 오고 있었다. 옆에는 삼십 대로 보이는 젊은 여자도 함께였다. 사전에 듣기론 쩐주_{돈주, 북한의} _{자본가}의 딸이라고 했는데 실물은 2000년대 나이트클럽에서 볼 법한 촌스러운 스타일. 그래도 헤어와 메이크업만 잘하면 어디 가도 빠지지 않는 외모. 그렇다고 내 취향이라는 뜻은 아니고.

"인사해. 이번에 쫌 대준 사람."

"고맙습니다."

이윽고 원 씨의 눈짓에 얼른 작은 종이가방을 건네자 여자의 얼굴에 금방 화색이 돌았다. 그 안에 담긴 건 한국인 신분증(물론 그녀 일행의 사진으로 위조된)과 각종 한국드라마 CD, 아이돌 브로마이드, 설화수 화장품 등이었다. 이제 한국인으로 둔갑된 그들은 중국에서 마음껏 자유를 만끽할 것이다.

"노고 많으셨습다."

있는 집 딸이라는 배경을 들어서일까? 겉으론 사람 좋은 미소를 띠고 있지만, 그건 어디까지나 한 수 아래인 사람을 상대하면서 배인 여유로 비쳤다. 듣자 하니 이렇게 빈번하게 단둥에 나와 쇼핑을 하고 놀다 간다는데, 그렇다면 분명히 남한이 얼마나 잘 사는지도 뻔.히. 알고 있을 것이다. 그런데 참 이상하지. 저 여자는 왜 탈북을 안 할까? 어쩌면 개방된 세상에 나온 순간 얻는 자유가 북한에서 누리는 특권만 못하다고 여겨서일까? 그게 아니라면 두 가지를 동시에 누릴 줄 아는 사람일 수도 있고. 모르겠다. 내 알 바도 아니고. 여하튼 재빨리 대답했다.

"동포끼리 돕고 살아야죠."

"자, 이거."

여자는 시장통에서나 쓸 법한 허리 주머니를 건네고 서둘러 자리를 벗어났다. 슬쩍 지퍼를 열어보니 손바닥보다 조금 큰 크기의 종이였다. **출장(려행) 증명서.** 수상한 냄새를 맡은 열차원들이 수시로 접근해 올 때마다 증명해 보일 수 있는 요긴한 물건이다. 이쯤에서 쉽게 정리하겠다. 공민증이 여권, 여행증명서가 비자라면, 평양시민증은 자유이용권이라고 보면 된다.

"뭐가 이렇게 많아. 복잡하게"

"힘들게 준비한 것들이야."

"그나저나 우리가 북에 들어가는 동안 저 여자는? 공안에 괜히 걸리진 않겠지?"

"남 걱정할 때야? 그리고 재차 말해두는데 한국에서처럼 그런 경찰 이미지를 떠올리면 안 돼. 북한 들어간 다음부턴 그냥 까라면 까."

"안 까면? 한 대 친대?"

"한 대면 다행이게?"

"그럼?"

"뭐가 그럼이야. 궁금하면 같이 맞짱 떠 봐. 고향 떠나 객사한다고 누가 훈장 주냐? 괜히 아무나 근드리다가 처맞지 말고 내 말 듣는 게 좋을 거야. 가자고."

그러면서 원 씨는 내 어깨를 가볍게 두드렸다.

"얼마나 걸릴 것 같아?"

"도착은 오늘 오후 안엔 할 수 있어. 내일부터 일 개시한다고 해도 못해도 삼 일 안에는 처리해."

"만약 더 걸리면?"

"그냥 나오는 거지 뭐. 거기 도장 찍혀 있는 거 안 보여?"

출장(려행) 증명서 좌측 하단엔 '3월 1일 06시까지 돌아갈 것. 당정 검열단속초소'라고 도장이 찍혀 있었다. 가지가지 하네. 여행이라 해놓고 석 삼일 타이머를 설정할 건 또 뭐람. 정말이지 불필요한 스릴이다.

어느덧 해가 떠올랐고, 그 사이 인파가 배로 늘었다. 단둥역 앞에 세워진 커다란 모택동의 동상을 가리키며 원 씨가 말했다.

"저기 모택동 동상 보여?"

"모택동이라고요??"

인지가 토끼 눈을 하고 끼어들었다.

"모택동이지, 그럼."

"여태 마오쩌둥인 줄 알았는데, 나는."

인지의 말을 가뿐하게 무시하고 원 씨는 그 너머에 있는 기껏해야 10층 정도 되는 낮은 회색 건물을 가리키며 말했다.

"뒤에 저 아파트 말이야. 정은이가 중국 한 번 왔다 가면 평당 단가가 널뛰어."

"지금은 얼만데?"

"삼십이 평짜리가 칠억이 넘지, 아마."

"겨우 칠억 가지곤."

"비웃었어? 저쪽 신 압록강대교 넘어서 북한 쪽으로 도로만 딱 뚫리지? 그땐 난리나. 몇 배는 뛴다고. 이십억, 삼십억까지 내다본다고. 그때 가서 한강이 대수야? 여긴 코앞이 압록강인데. 낄낄낄. 앞은 중국, 뒤는 북한. 아- 돈만 있으면 사두는 건데. 뭐 이번 건만 잘되면 살 수 있겠지."

이윽고 열차가 도착할 시간이 다가오자 우리는 서둘러 플랫폼으로 향했다. 주변은 온통 중국어와 북한 억양이 뒤섞여 하나의 일정한 소음을 만들어냈다.

치이잉-

때마침 열차가 도착했다.

막상 와보니 과연 우리가 타도되나 싶은 바로 그 열차.

단둥(丹东) ⇄ 평양(平壤)

*　*　*

3등 칸은 공간이 상당히 협소했다. 좌석에는 우리보다 먼저 온 사람이 있었는데, 붉은 머리칼을 한 외국인 여자였다. 모자를 푹 눌러 쓰고 에어팟을 끼고 있었다. 러시아 관광객, 이라고 원 씨가 속닥였다. 열차 어딘가에선 일본말도 들렸다. 하여간 한국인 빼고 다 드나드는 것 같다.

서서히 열차가 움직이기 시작했다. 처음 해외여행을 갔을 때, 이륙하던 비행기 안에서의 그 떨림과는 비교 자체가 안 된다. 인지는 무서운 놀이기구에 탑승했을 때처럼 동공이 멎어 있었다.

"긴장하지 마. 티 나잖아."

"누가 긴장했다고 그래."

곁눈으로 창밖을 보니 시커멓게 출렁이는 압록강이 한눈에 내려다보였다. 이대로 3분만 가면 북한 땅 신의주다. 북한의 맨 끝자락이자 중국과 국경을 맞대고 있는 곳, 그러나 중국과는 확연히 다른 곳.

중간에 원 씨의 말대로 표 좀 보자는 열차원의 요구가 있었다. 앞서 하는 걸 보건대 객차번호와 자리번호가 제대로인지, 짐은 수상하지 않은지 정도만 검열하는 것 같아서 다행이었다. 우리 쪽으로 왔을 때도 마찬가지였다. 그런데 소지품 검사를 마치고 대뜸

"선생님은 평양 어디로 가십니까?"

푸짐한 몸집을 들이대며 열차원이 물었다. 하지만 행선지가 궁금

해서 묻는 말이 아니란 건 사전에 원 씨로부터 주의를 받아 잘 알고 있다. 그는 내 국적이, 더 나아가 수상한 사람은 아닌지 궁금한 것이다.

그러나 이런 상황에서는 어떻게 대답해야 좋을지에 대해 전혀 코치를 받지 못했다는 게 중요하다. 대답을 기다리는 열차원의 인내가 닳아가던 그때,

기이이익---!!!

티라노사우르스의 포효처럼 길고 불쾌한 소리를 내며 열차가 멈췄다. 급제동을 시도했으나 제동 거리가 너무 짧았는지 열차 안에 서 있던 사람들이 앞으로 급하게 곤두박질쳤다. 가방, 과일, 스마트폰, 심지어 서 있던 열차원까지 어지러이 바닥에 나뒹굴었다. 무엇보다 쿵! 하고 김일성 김정일 부자의 액자가 바닥에 떨어지자 다들 시선이 그리로 쏠렸다. 짧은 정적이 흘렀다. 다시 말하지만, 압록강 한가운데. 열차원이 혼비백산하여 김 부자의 액자를 주워 담으려는데 저만치서 누군가 고함을 질렀다.

"당장 머리 위로 손 올리라!!!"

그리고 요란한 경보음과 함께 열차원들이 일제히 뛰어다녔다. 앞 칸에서 무슨 일이 일어나도 일어난 것이다.

"따라와."

원 씨가 옆구리를 찌르며 귀엣말로 속닥였다.

"어딜 가게?"

"따라오기나 해."

그러더니 스리슬쩍 비어있는 저 앞의 칸으로 이동해 앉는 게 아닌가?

"여긴 왜?"

"앉아. 조용히."

"여기 자리 있는 거 아냐?"

"빨리 앉기나 해."

도통 상황이 어떻게 돌아가는지 감이 안 잡히는 와중에 저쪽에서 열차원들이 백인 남자 두 명을 취조하고, 그들은 뭘 열심히 해명하는 풍경이 펼쳐졌다. 이따금 열차원 하나가 백인의 가슴팍을 거칠게 밀기도 했다. 다소 살벌한 풍경이다.

"무슨 일인데 저래?"

"쉿."

그리고 두 백인 남자가 열차원에 의해 양팔을 뒤로 꺾인 채 연행됐다. 아마 강제 하차당했지 싶다. 그런데 우리 옆을 지나치면서 원 씨에게 윙크를 하는 게 아닌가? 마치 신호를 보내는 것처럼 말이다. 그다음부턴 언제 그랬냐는 듯이 순순히 열차 안을 벗어났다. 그렇다. 결국 짜고 치는 고스톱이었던 것이다. 그들은 사실 러시아인이었고, 동시에 원 씨가 고용한 배우였다. 열차원의 이목을 따돌리기 위한 연막작전이었다, 이 말씀.

"조연들은 굿. 이제 주연이 어떻게 하느냐에 따라 대박이 결정 나는 거야."

원 씨가 낄낄대며 속닥였다. 이 철두철미하고 디테일한 잠입 수법에 나도 모르게 삼 대 칠이 합리화되고 있는 상황. 조금 전까지 우리를 점검했던 열차원은 고개를 갸웃하며 뒤 칸으로 이동했으니 어쨌거나 작전은 성공이다.

어수선했던 분위기도 어느덧 가라앉았다. 그리고 잠시 후, 열차 바퀴에서 제동편이 분리되며 압축공기 빠지는 소리와 함께 굼뜨게나마 움직이기 시작했다. 그렇게 얼마 안 가 '**조선**'이란 궁서체가 음각으로 새겨진 국경표지석이 빠른 속도로 지나갔다. 북한 땅에 들어온 것이다!

저 멀리 헐벗은 민둥산이 뿌리를 드러내는 배경으로 황량한 논밭이 펼쳐졌다. 일정한 간격으로 볏단을 쌓아놓고 일하는 농부들의 모습은 80년대 후반까지 남한의 시골에서도 종종 보던 모습이다. 소의 갈비뼈가 어떻게 생겼는지는 태어나서 처음으로 봤고. 잠시 옆 차선에 또 다른 열차가 굉음을 내며 지나가자 그동안 가려져 있던 풍경이 다시 눈에 들어왔다. 이번엔 강가에 묵은 빨래를 하는 젊은 여자들이 보였고, 저만치에는 비슷하게 생긴 녹색의 가정집들이 줄지어 나타났다. 어쩌면 보여주기식일지도 모른다. 사람이 실제로 사는 것 같지 않았거든.

"평양까지 얼마나 걸려?"

"대략 200킬로미터."

"시간은?"

"특별한 일 없으면 다섯 시간?"

지금 서울에서 부산 가는 것보다 더 길다는 인지의 호들갑이 중요한 게 아니다. 대체 '특별한 일'이 무엇이냐가 중요하다. 듣건대 전력 사정이 좋지 않은 데다가 간혹 오래된 선로가 문제를 일으킬 때는 중간에 열차가 멈추기도 한단다. 그렇게 되면? 예상시간보다 더, 그러니까 일고여덟 시간 소요될 수도 있다는 것이다.

"까딱하면 깜깜한 밤중에 도착하는 거 아냐?"

"다음 날 아닌 게 어디야? 아참, 일단 들어가면 뭐 못 먹어. 미리 두둑이들 먹고 왔겠지?"

"당연하지. 아, 그리고 일만 잘 마무리되면 내가 한턱 크게 쏠게."

"한턱은 됐고 배분이나 잘 해서. 뭐 정 쏘고 싶으면 김밥에 뜨끈한 국수도 좋지."

"김밥이 어디 있어?"

"왜 없어, 평양에 파는 데 있어. 길거리에서."

그러다 어머 어머- 하는 인지의 소리에 밖을 내다보니 어느 낡은 열차 화.물.칸.에 사람들이 천연덕스럽게 자리 잡고 있었다. 이어서 몸집보다 큰 배낭을 메고 눈 쌓인 철로를 따라 걷는 아줌마, 얼마쯤 가자 여남은 명의 어린아이들의 모습도 보였다. 노란 안전선이 있기를 하나, 그렇다고 스크린도어가 있기를 하나, 아이들은 그냥 선로보다 한 뼘 높은 돌바닥 위에 교사로 보이는 사람과 함께 삼삼오오 몰려 있었다. 순식간에 지났지만, 또렷이 기억이 나는 건 아이들이 장난감이라 부르기엔 다소 부족해 보이는 작대기나 허름한 낚싯대를 들고 있다는 것과 100~120센티미터 정도 되는 키, 그리고 까만 얼굴들이었다. 그중에 몇몇은 어린 동생을 업은 채 웃고 있었는데 왜 나는 웃음이 나지 않았을까.

저 멀리 잔잔하게 흐르는 강물을 보며 생각했다. 그래, 내 웃음은 금괴를 위해 아껴둬야겠다고. 하나같이 도색작업을 빼먹은 듯한 낮은 건물들이 간헐적으로 보이는 가운데 이어서 열차는 동굴 같은 터널로 들어섰고 주변은 순식간에 캄캄해졌다. 나도 모르게 눈꺼풀이 차츰 무거워졌다.

4장

모략

2018년 3월 초순.

김정은 동지로부터 전 단원들이 온정의 선물을 받고 은혜로운 나날을 보내고 있던 어느 날, 련습실 복도에서 마주친 악장 동지가 대뜸 말을 물어왔다.

"손향 동무는 부모님 고향이 어딥네까?"

평소 누구에게도 먼저 말을 거는 법이 없었던지라 그런 상황도 그런 질문도 꽤 생소했다. 그리고 그때까지만 해도 질문 내용보다는 악장 동지의 입에서 나는 냄새가 역하다는 생각뿐이었다. 장마철 시궁창 냄새 같기도 한데, 누군 송장 썩는 냄새라고도 하고. 그걸 스스로도 아는지 저보다 웃사람 앞에선 손으로 철저하게 가려놓곤 손향 앞에선 망령 난 제비새끼처럼 떠벌떠벌거렸다. 그러나 숨 쉬지 않고 들어주는 데도 한계가 있어야 말이지.

"두 분 다 평양임다."

얼른 대답하고 자리를 벗어나려는데,

"평양."

"예."

"조부모님은?"

"조부모님두요."

'입이나 좀 가렸으면 좋겠네. 걸레 빤 물도 그보단 역하지 않갔구만.'

"증조부모님은?"

"거 까진 모르갔습다. 아마 이쪽 어디쯤일 것 같은데 자세히는 들은 바가 없습다."

"우리 조국이갔지? 분명?"

"말이라구요."

난데없이 출처조사라니. 등록된 개인 자료를 들춰봐도 될 일을 굳이 와서 묻는 모양새가 이상했다. 동시에 어떤 위화감이 들었다. 궁금해서라기보다 떠보려 한다는 느낌이 강했다. 그다음 질문을 듣고서.

"기럼 남조선에는 친인척이 없갔구만?"

"없습다."

"으흐음."

"와 묻습까?"

악장 동지는 지 묻고 싶은 것만 실컷 묻고는 제 갈 길만 갔다.

그 후로 이상한 낌새는 더러 벌어졌다. 련습실에서 삼삼오오 모여 쑥덕대던 소리도 손향만 들어가면 뚝 멈춘다든지, 생활 총화를 할 때마다 다들 손향을 공격 하는 일이 부쩍 늘었다든지, 더 나아가 무대 록화 실황을 하는 내내 사진 기사가 단 한 번도 찍어주지 않는다든지 하는 것들 말이다. 어쩌면 고의로 손향을 빼먹는다는 느낌마저 들었다. 조국을 대표하여 남조선에서 혁명적 예술활동을 마치고 돌아온 가수에게 이 무슨 푸대접이란 말인가?

'혹시…'

강릉과 서울 공연 이후로 혼자만 주목을 받아서 그런가 싶었다. 주로 손향에게만 질문이 쏟아지고 사진을 찍히니까 거기서 조금 우쭐했던 건 사실이다. 하지만 그런 의문이 하등 터무니없다고 여긴 것은 바로 김정은 동지께서 직접 관람하시는 모든 공연에서 갑자기 배제되고부터였다.

"이번엔 안 서두 되갔어."

"이번에두요? 그동안 련습 한 것들은 다 어쩌고요?"

"몰라, 나두."

"다음번엔 설 수 있갔지요? 로병 대회 때 말이에요."

"걸 와 나한테 묻나?"

불길한 예감이 들었다. 다른 건 몰라도 주요 무대에 설 기회를 하나둘씩 놓친다는 것은 단순히 가수로서 낙제를 받았음을 뜻하는 게 아니다. 모르긴 몰라도 그동안 손향에게 집중되어 있던 예술단 내에서의 모든 힘을 빼놓겠다는 처사가 분명했다. 그리고 그것은 반드시 '우에서' 지시했기 때문이다.

누가? 무엇 때문에?

아무리 주변에 탄원하고 하소연을 해봐도 소용없었다. 함께 손잡고 노래를 부르던 동료 가수들마저 고개를 돌렸다. 윤미 동무만이 난처해하며 위로해주었지만, 그 마저도 몇 번에 그쳤다. 돌연 안 보였는데, 무슨 이유에서인지 혁명화_{북한에서 간부나 예술인 등 공인들이 강제노역을 받는 처벌}를 갔다는 이야기만 무성할 뿐. 극장과 련습실에 혼자 오가는 길은 그래서 쓸쓸했다.

그러나 진짜 재앙은 따로 있었다. 느닷없이 아버지가 끌려간 것이다. 오랜 동무와 술자리에서 주고받은 말이 화근이 된 것. 두런두런 옛이야기를 하던 중 텔레비에서 중앙보고대회가 나오고 있었는데, 문득 김정은 동지의 태양상 초상화를 가리키며 이렇게 말했다고 한다.

"저놈 할아바지두 알고 보면 목덜미에 이만한 점이 하나 있었거든."

저놈

점

평소에 엄만 술만 드시면 아무 말이나 내뱉으시는 아바지에게 입건사_{말 조심} 잘해야지 안 그러면 집안 말아먹겠다고 타박하곤 했는데 그것이 현실로 이루어지고 만 걸까? 아바지는 왜 그런 말을 했을까? 어쩌면 감히 김정은 동지를 '저놈'이라고 부를 수 있을 만큼 아바지는 자신이 빨치산_{김일성과 항일독립운동을 한 세대} 2세라는 것과 김일성 수령님의 목뒤에 큰 점이 있다는 걸 알 만큼 아주 위세가 대단하다는 것, 그것을 이야기하고 싶었던 걸까? 그렇다면 맞은편에 앉은 동무의 눈이 묘하게 반짝였을 때 서둘러 말을 끊어야 했다. 하지만 그러지 못했다.

'아니야. 아버지가 그럴 리가 없어!'

아무리 생각해도 아버지는 아무리 술이 떡이 되게 잡수셔도 오로지 지도자 동지밖에 모르는 분이셨다. 미심쩍은 것은 또 있다. 손향의 아버지가 이러저러했노라고 일러바친 '증언'만 있지, 증거가 없다는 사실이다. 예상대로 아버지는 한사코 그런 말을 한 적이 없다고 부정했다. 그러나 이미 엎질러진 물이다. 사전에 체포 정보를 흘려들은 부모님은 야반도주를 감행했다.

"당장 짐 싸라우!"

"오델? 오델 가게?"

"중국으로 간다! 날래 짐 싸!"

하지만 농에 숨겨둔 비자금과 금붙이, 사진 따위를 막 챙기던 그때, 보위원들이 다짜고짜 쳐들어왔다. 밤 12시가 넘은 늦은 시각이었고 구둣발로 거실까지 들어온 그들이 말했다. 초상휘장을 내리십시오- 하길래 처음엔 빨치산 집안이라고 최소한의 예우는 해주는가보다 했다. 그런데 아니었다. 아버지가 덜덜 떠는 손으로 초상 휘장을 가슴에서 떼고 손목에서 김일성 수령님께서 하사하신 명함 시계까지 마저 풀자 그들은 다짜고짜 뺨을 후려갈겼다. 그리고 고래고래 소리쳤다.

"따라 나와, 이 개새끼야!"

아버지의 눈에 억울함과 분노가 잠깐 스쳤다. 평상시 같았으면 감히 옆에 얼씬도 하지 못했을 하급 보위원 나부랭이들에게 그런 취급을 받았으니 얼마나 비참했을까.

당 중앙위에서 정치국 간부로 호기를 뽐내던 넉넉한 풍채의 아바지. 귀공자처럼 고생을 모르고 살던 아바지. 그러나 말로는 어땠나? 처음 면회 갔을 땐 피골이 상접해서 몰라봤다. 손끝은 다 까져서 핏기가 비쳤다. 혼자 2천 장의 벽돌을 날라서 그렇단다. 며칠 후 두 번째 면회를 갔을 땐 곰팡이가 핀 50그람의 밀겨 밥을 먹다가 탈이 나서 보지 못했다(진짜 탈이 났는지 확인조차 해주지 않았다). 그리고 한 달 후, 세 번째 면회를 갔을 땐 아바지는 온데간데없고 웬 딸따리 손수레에 실려 나가던 축 늘어진 팔다리였다. 평상시 기사 딸린 도요타 자가용을 타고 다니던 아바지가 쥐도 안 가질 딸따리에 아무렇게나. 앙상하고 피멍이 맺혀있던 그 팔다리. 그렇다. 모진 고문 끝에 처형당한 것이다. 대충 시신을 덮은 거적때기 곳곳에 핏자국을 발견한 엄마는 혼절하고 말았다.

그 후, 남은 가족에 대해서는 평양 추방이 결정됐다. 남은 가족이라 봤자 손향 모녀 둘뿐이지만.

그간 살던 예술인 아빠트에서 쫓겨나던 날. 밖은 온통 구경나온 이웃들로 장사진을 이루었다. 그 귀한 살림을 두고 옷 보따리만 품에 안고 준비된 뜨락또르에 몸을 실을 때, 수군대는 소리가 다 들렸다.

"간악한 인간쓰레기들이 옆집에 살 줄은 꿈에도 몰랐슴다!"

"초저녁만 되면요, 평소에 남조선 전기가마 소리가 들렸어요! 쿠쿠 말이에요, 쿠쿠!"

"평소에 지 딸년 자랑을 길케 하더니 꼴 좋다!"

몇몇은 일부러 과장되게 몸서리를 치며 욕을 퍼부었다. 평상시 손향이 하고 다니는 옷차림과 화장품, 말투 등을 모두 남조선 식이라며 흠모해 마지않던 그들이 손가락질을 해댔다. 한 번만 쿠쿠 밥솥을 밀수로라도 얻어달라고 딸라 뭉텅이를 쥐여주며 부탁하던 이웃이 제일 앞장서서 비난했다. 그날, 잘난 딸을 둔 덕에 언제나 꼿꼿이 펴고 다녔던 엄마의 어깨는 한없이 움츠려 있었다. 연신 울며 미안하다고만 했다. 아버지와 리혼_{이혼}한 것은 친정집과 손향이라도 살리기 위한 어쩔 수 없는 선택이었다고. 그러니 일평생 가족밖에 모르던 아버지가 졸지에 리혼남으로 죽은 것도 다 엄마 때문이라고.

"아니야, 엄마. 엄마 잘못 아니야. 다 나 때문이야. 나 때문에…"

손향은 이 모든 것의 원인이 다른 곳에 있다고 생각했다. 결코 아버지 때문이 아니다. 술자리에서 내뱉었다는 실언 따위는 그저 거짓이고 모략이다. 아버지는 결코 그런 말을 한 적이 없다. 실은 이게 다 그 남조선 영상물에 나온 늙은이들의 개소리 때문이었다. 집안을 풍비박산 나게 한 그 세 치 혀.

이럴 줄 알았더라면 남조선에 가는 게 아니었다.

* * *

아버지가 처음 보위부에 끌려갔을 땐 그래도 어느 정도의 자존심과 권위는 살아 있었을 것이다. 끽해야 혁명화를 다녀오겠지- 싶었을 테니까. 승승장구하는 최룡해_{북한의 정치인} 동지도 한때 돼지 농장을 제집처럼 드나들지 않았나? 그러니 이것들이 누군 줄 알고 이렇게 함부로 끌고 와- 까꾸루 너희들이 모가지 날라 갈 줄 알아라- 하고 속으로 분노를 삼키셨을 것이다. 손향도 추방 전에 봤던 그 영상을 보기 전 까지만 해도 말이다.

천장에 알전구 하나 위태위태하게 비추는 골방.

나 어려 뵈는(나이 어려 보이는) 보위원 하나가 텔레비에 영상을 하나 틀어주었다. 바로 손향이 몸담고 있는 악단의 공연이다. 아바지는 어리둥절해서 물으셨다.

"저건 우리 딸이 나오는 공연 아니우?"

"닥치고 봐, 이 새끼야!"

온갖 생각이 다 스쳤다. 혹시 남조선 노래를 불러서? 그건 이미 계획된 게 아닌가? 그게 아니면 남조선 관객들에게 손을 많이 흔들어줘서? 그것도 아니면? 이게 설마 남조선 기자가 묻는 말에 따박따박 대꾸라도 해줬나? 오만 생각이 다 스치는 가운데, 그 와중에도 텔레비에 딸의 얼굴이 나오니 눈물 나게 반가웠다. 그리고 영상 끝무렵, 공연이 파하고 관객들의 감상을 묻는 장면이 담겼다. 그리고 거기에 어느 노부부가 나왔는데, 한 영감이 이렇게 말했다.

자막 : 이OO, 89세, 미국 LA거주

우리 남동생하고 6·25때 헤어졌어요. 나중에 브로커 시켜서 편지랑 사진도 주고받았습니다. 죽은 줄 알았는데 살아 있었더군요. 그때 제 남동생이 아들이 하나 있다고 했는데 똑똑해서 김일성종합대학을 갔다고 했어요. 우리 조카며느리는 외국어 무슨 대학인가 하는 델 나온 여잘 들었고요. 또 거기에 손녀가 하나 있다고 했는데 노래도 잘 부르고 무슨 예술경연대회마다 나가는 족족 상 받는다고 했어요. 그러고서 연락 끊긴지 이십년이 넘었죠. 근데 이번에 삼지연관현악단이 강릉엘 온단 소식을 듣고 표를 어렵사리 구했지 뭐에요. 이거 보러 한국에 들어왔어요. 그런데 세상에 직접 가보니까 거기에 리손향이라는 북한 가수가 있죠? 그 가수가 세상에 우리 남동생하고 쏙 빼닮은 거예요! 틀림없어요! 그 앤 우리 남동생의 손녀라고요! 이거 어디에 물어봐야 되죠? 통일부에 말하면 알려줄까요?

영상물 속 남조선 늙은이는 쉴 새 없이 주절댔다. 누가 사주했는지 몰라도 끝까지 딸 손향이 자기 남동생의 손녀일 거라고 주장했다. 성씨도 똑같은데다 얼굴도 자기 남동생을 빼다 박았으니 틀림없다고. 그러면서 한 번만 알아봐 줄 수 없겠냐며 눈물 콧물을 흘려댔다.

그 가증스러운 거짓말에 한동안 말을 잃었다. 보위원은 그것을 일종의 자백이라고 받아들였는지 계속해서 욕을 지껄였다.

당과 조국을 배반한 놈!

장군님의 은혜를 등에 업고 부정부패를 저지른 놈!

미제 앞잡이와 결탁한 놈!

화면에는 이어서 손향만 따로 촬영한 모습이 나왔다. 마치 그 늙은이의 말이 사실인 양 남조선 방송국에서 집중 조명을 한 것이다. 처음 묵호항에서 내릴 때 손을 흔들던 모습, 련습 공연을 마치고 숙소로 돌아갈 때 뻐스에 오르던 모습, 공연을 하면서 류달리 관객들에게 다정스레 손을 흔들고 웃어 보이던 모습 등등.

나중에 정신을 차린 아바지가 기가 차서 얼른 해명했다.

"이건 딱 봐두 너절한 개소리 아니오?! 우린 남조선에 피붙이가 한 사람도 없다고요! 우리 아바지 오마닌, 외동이나 마찬가짐다. 어릴 때 형제들이 다 죽고 없다구요."

"어디서 발뺌을 해?!"

"발뺌이 아니라 사실임다! 이모님들두 다 여 평양에 사신다구요! 조사해보믄 다 알 거 아닙네까? 아, 길구! 저 늙은이가 우리 아바지의 형님이라구요? 우리 아바지는 살아계시면 나이가 훨씬 더 잡수셨슴다. 이거 나이부터 말이 안 맞지 않아요? 분명 잘못 알구 지껄이는 소릴 겁니다!"

하고 아무리 항변해봤지만 소용없었다. 남조선 늙은이가 말한 가족 사항이 어느 정도 일치한데다 할아버지가 남조선에서 머물렀던 기록도 기어이 들추어냈다. 강원, 충청, 부산… 그 모두 반일투쟁을 위해 어쩔 수 없이 누비고 다녀야 했던 과정이었건만 그조차 당에서는 문제 삼았다. 본적이 이남이란 사실을 숨긴데다, 미국에 혈육까지 두고 있다? 그것도 빨치산 가문이? 설상가상 그 숨겨둔 가족이 군수 사업에 종사하는 친미분자라는 사실은 당을 몹시 분노케 했다. 그렇게 속전속결로 이루어졌다. 집안이 풍비박산 나는 건.

5장
혁명의 수도

"오빠, 오빠!"

팔을 흔들며 낮게 다그치는 인지의 목소리에 눈을 떴을 때 풍경
이 훨씬 변해 있었다. 얼마나 온 걸까? 잠깐 잠이 들었나 보다. 창밖
에는 '자기 땅에 발을 붙이고 눈은 세계를 보라!' 라는 구호판이 눈에
띄었다. 학교로 보이는 그 건물에서 아이들이 쏟아져 나왔다. 멀지
않은 곳에 흐르는 개천에서는 아이들이 갈라진 얼음 사이로 돌멩이
를 집어 던지며 놀고 있었다. 눈을 비비고 창가에 얼굴을 가까이 가
져갔다. 김 부자의 유화 초상화와 건물 꼭대기에 나붙은 살벌한 붉
은 백두체를 본 순간 눈이 크게 벌어졌다.

평양

드디어 평양이다! 아까 단둥에서 출발할 때 국경표지석을 봤을

때와는 또 다른 종류의 전율이 일었다. 평양이다, 평양! 뉴스와 온갖 영화에 나오는 그 평양! 김정은이 살고 있고, 열병식을 거행할 때마다 거대한 군장비와 탱크가 위용을 과시하는 바로 그 평양! 하나둘 보이기 시작하는 색 입힌 건물들과 한산한 도로, 그리고 간간이 보이는 인공기와 살 떨리게 맹렬한 구호들.

얼마나 넋이 나간 채 바라봤을까? 사선으로 그어진 빗방울이 점차 굵어질 즈음 제정신이 돌아왔다. 순찰을 도는 열차원들이 나무봉으로 의자를 툭툭 치며 주의를 주기 시작했다. 곧 내릴 때가 됐다는 뜻이다.

"밖을 내다보지 마십시오! 평양역에 내리시면 모두 외딴 길로 새지 말고 바로 목적지로 가십시오!"

평양역을 빠져나오자 거리는 온통 축축하게 젖어 추위를 더했다.

"평양에 오신 거를 욜률히 환영합네다."

원 씨가 되도 않는 북한 아나운서 성대모사로 장난을 쳤는데, 내 시선은 줄곧 평양역 건물 외벽에 있었다. **경애하는 최고령도자 김정은 동지 만세!** 라는 붉은 구호에. 전 국민 가스라이팅을 내 눈으로 보게 되는 날이 오다니. 평상시에 김정은은 그냥 후크선장처럼 막연하고 추상적인 존재였다. 막말로 죽을 때까지 볼 일 없는 남의 나라 지도자. 그런데 지금은? 볼 가능성이 상당히 높아졌다. 가상이 현실이 되었다.

그렇게 신기해서 이리저리 두리번거리고 있는데, 돌연 투쟁 분위기를 한껏 고조시키는 장엄한 음악 소리가 역 내에 쩌렁쩌렁하게 울려 퍼졌다. 소스라치게 놀란 우리 남매와 달리 평양 시민들은 그 등골 오싹한 소리를 듣고도 태연하게 저마다의 길을 재촉했다. 어떻게 저렇게 살 수 있을까? 갑자기 공포와 설렘이 개밥처럼 뒤섞여 밀려왔다.

지나가는 사람들과 눈이 마주치기라도 하면 괜히 속이 뜨끔했다. 왠지 마음을 읽힌 것 같아서. 저 사람들 남한에서 왔대- 금괴 찾으러 왔대- 신고하자- 하고 수군거리는 것 같아서.

"어머! 화면에 나오던 거랑 똑같아! 쟤네 좀 봐. 목에 빨간 스카프 했어."

지나가는 초등학생들을 보며 인지가 호들갑을 떨었다.

"북한 애들 처음 보냐?"

"처음 봐야 정상 아냐?"

한편, 원 씨는 수첩에 받아 적은 할머니의 옛집 위치를 보며 한쪽 눈썹을 치켜올렸다.

"가만 보자. 창광산 호텔로 향하는 방향이군…"

"거기까지는 어떻게 가?"

"지하철로. 여기서 한 번 갈아타면 돼."

"어디로 가는데?"

"요 앞이야, 걸어서 갈 수 있어, 영광 역. 그게 천리마 선이거든. 목적지까지는 두 정거장이면 가고."

"그렇게나 빨리? 그래도 오늘은 무리겠지?"

"당연하지. 아까도 말했지만, 자정 넘어서 새벽부터나 가능해. 지하철이 아침 6시부터 밤 10시까지 운행하거든. 그러니까 못 해도 새벽 3시 전에는 끝내는 걸 목표로. 근데 왜 이렇게 떨어? 부산스럽게? 몸살 났어?"

"이거 긴장되는데."

"쫄 거 없어. 일이 잘못돼봤자 죽기밖에 더 해. 아, 그건 그렇고 슬슬 나타날 때가 됐는데…"

원 씨가 주변을 휙휙 돌아보며 누군가를 찾았다.

"야, 애꾸! 여기야!"

나와 인지는 원 씨가 손을 흔드는 쪽으로 재빨리 눈을 돌렸다. 거기엔 바지를 가슴까지 올리고 양쪽 주머니에 손을 시건방지게 찔러 넣은 사내아이가 이쪽으로 걸어오고 있었다. 대강 군복을 개조해서 입은 듯한 그 바지에는 여러 주머니가 크게 달려 있었는데, 이것저것 먹거리를 위한 저장고로 쓰기엔 안성맞춤일 거란 생각이 들었다. 녀석의 뒤로는 다양한 연령대의 아이들이 있었다. 그리고 드물게 간격을 유지하면서 우리 쪽을 경계 어린 눈초리로 보고 있었다. 마치 덫에 걸린 동료 개를 관찰하는 듯한 떠돌이 개들 같다고 하면 좀 심한 표현일까? 하지만 누구라도 꽃제비를 실제로 눈앞에서 본다면 나와 같은 느낌일 것이다. 평양에 잠입한 이 앙큼한 불법체류자들.

"언제부터 와 있었어?"

머리를 헝클어 놓으려는 원 씨의 손길을 재빨리 피하면서 녀석이 받아쳤다.

"아까쯤에 왔슴다."

"저것들은 왜 끌구 왔어? 걸구치게?"

"따라온검다."

"으이구, 뭐 얻어먹을꺼 있나 해가지곤… 그나저나 비밀로 했지?"

"예."

"하, 새끼… 말 드럽게 안 듣네. 옷 좀 똑똑한 걸 입으라니까. 눈에 띄잖아."

"바로 입은검다."

묻는 말에 꼬박꼬박 대답은 잘하는데 어딘가 모르게 도발적인 분위기를 풍기는 녀석. 그런데 한쪽 눈이 불편하게 감겨 있었다. 그래서 별명이 애꾸인 걸까? 사연일까? 사고일까? 나이는 딱 보니 여덟아홉 살쯤 되어 보였다. 그런데 우리가 놀러 온 것도 아니고, 이렇게 어린애가 도대체 뭘 할 수 있겠냐고 따지려는 참에,

"열세 살임다."

그 순간 원 씨는 우리 남매의 속을 읽었는지 능글맞게 웃으며 말했다.

"보기엔 이래두 아주그냥 잽싸, 치밀하구, 똘똘하구. 야, 뭐해? 인사 안 하구."

그러자 고개를 대강 까딱거리는 녀석. 둘은 그 이전에도 종종 어떤 협력관계를 맺어 왔는지 꽤 허물없어 보였다.

"이놈이 바로 우리 길라잡이 해줄 놈이야."

"너 참 귀엽게 생겼다."

그때, 인지가 넉살 좋게 다가가 볼을 꼬집자 처음 접하는 손길에 놀랐는지 녀석이 무방비 상태에서 얼얼한 표정을 지었다. 가까이서 보니 보풀이 심하게 일어난 스웨터를 입고 있었는데 어깨 폭이며 크기가 안 맞는 것이 한눈에 봐도 본래 제 것은 아니었을 터. 인지가 거리낌 없이 길다란 소매를 보기 좋게 두 번씩 접어 올리자 이번에도 얼떨떨한지 인지를 물끄러미 올려다보았다. 아마도 그 광적인 친절에 약간 부담을 느낀 모양인데, 어쨌거나 뭐 좋은 게 좋은 거다. 그 분위기에 묻어갈 요량으로 이번엔 내가 말을 붙였다.

"열두 살이라고?"

"열세 살."

"이름이 뭐야?"

"없음다."

"이름 없는 사람이 어디 있어, 임마."

"……"

"그럼 다들 뭐라고 불러?"

"눈 하나 없는 병신이라서 애꾸라고 부르는데요?"

도발인지 체념인지, 그렇게 말해놓고 녀석은 원 씨와 넌덕스럽게 웃어 재꼈다. 하하하- 낄낄낄- 얼빠진 인간들. 그래도 임무 수행을 위해서는 이 인간들과 같이 움직이려면 원 팀이 되어야 하지 않겠나. 되도록 원만하게 지내는 게 좋겠다는 생각에서 한 번 더 말을 붙여 봤다. 여전히 이쪽을 주시하는 아이들을 턱으로 가리키며,

"네가 쟤네들 대빵이야?"

녀석은 들은 체도 않고 얼른 따라오라며 앞장섰다. 그러면서 자기 졸개들에게 어딘가로 가 있으라며 엄중하게 손짓을 하는데 아마도 아지트? 그래봤자 굴다리 밑이나 되겠지만. 거기서 애꾸가 구해오는 먹거리를 나눠 먹을 생각을 하는지 까만 얼굴들에 안도의 미소가 번졌다. 여하튼간에 애꾸 녀석과는 친해지긴 힘들 것 같다는 강력한 예감이 들었다.

* * *

지침 하나. 너무 딱 붙진 말고 이삼 미터 간격을 유지할 것.

지침 둘. 가급적 입 열지 말 것. 굳이 필요하다면 귓속말로 용건만 간단히.

지침 셋…

"길에서 보안원이나 경무원, 보위원 놈들은 권위가 말도 못 하니까…"

"무조건 숙여라?"

"뭐 필요시엔 기선제압도 해야지."

"언젠 숙이라며?"

"하, 융통성 없기는. 그것도 정도껏이지. 좀 세게 나온다 싶으면 일절 틈을 보여주지 말라는 거야."

"뭐야, 이랬다저랬다."

"참고로 보안원은 경찰인데 제복 안 입어."

"사복경찰이란 말이야?"

"맞아. 그리고 경무원 걔네는 헌병. 보위원은…"

"그런 애들을 내가 뭔 수로 알아봐?"

"그냥 눈 시건방지게 뜨고 쭝 좀 보자고 달려들면 다 한통속이라고 보면 돼. 아, 평소에 해봐서 알 거 아냐."

보통 역 출입구가 번호별로 존재하는 남한과 달리 북한은 '지'라는 글자가 새겨진 원형 간판만 보고 따라가면 된다.

인적 없는 도로에 일정 간격으로 설치되어 있는 인공기가 바람에 나부끼고, 거길 걷는 사람들의 옷차림이 너무나 생소했다. 뭐랄까? 문화혁명 시기를 배경으로 하는 중국 영화 속 그 감색 계열의 폐쇄적인 분위기랄까. 드물게는 노란색 분홍색도 있었지만 어째서 밝다는 느낌이 들지 않았는지 모를 일이다. 대체로 평양 사람들은 마른 체형이다. 걸을 때마다 하나같이 바지통이 바람에 펄럭이고…

"야, 인찬아, 저것 좀 봐라. 어째 북한 사람들은 하나같이 와루바시^{나무 젓가락}같이 말랐다냐. 남자고 여자고. 아이구, 짠해."

"못 먹어서 그렇죠."

"수수깡으로 맨들어도 저것보단 실하겠네. 내려오길 잘했지. 내려오길 잘했어."

생전에 TV를 보며 하시던 할머니의 말씀이 떠올랐다. 아직도 할머니는 여전히 내 옆에 있는 것 같다.

'할머니, 보고 있죠? 끝까지 지켜봐 주세요.'

얼마쯤 걷자 지하철역이 나왔다. 우리가 타야 할 노선은 천리마선. 남한의 정리가 잘 되어 있다 못해 정보가 넘쳐나는 고급 전광판과는 달리 이쪽은 그냥 하얀 아크릴판에 시뻘건 궁서체로 갈겨 써 있는 게 전부다. 상당히 단조롭고 단호하다. 그리고 개찰구 주변에는 감시하기 위함인지 군인들(군복을 입었으니 내 눈엔 다 군인이다) 서너 명 정도가 배치되어 주변을 어슬렁거렸다. 사전에 듣던 대로 눈초리가 상당히 날카로웠다. 어차피 그래봤자 같은 평양시민들일 텐데 대체 뭘 감시하겠다는 건지. '차표 판매시장'이라고 쓰여 있는 협소한 데스크에서 표를 구해온 원 씨가 작게 투덜거렸다.

"하아… 저 에미나이. 여행증명서 처음 보나? 어차피 줄 거 그냥 주면 좋잖아? 드럽게 꼬치꼬치 묻네. 나이도 어린 게."

그쪽을 힐끔 보니 앳돼 보이는 여직원이 마찬가지로 원 씨의 뒤통수를 쏘아보았다. 모르긴 몰라도 작은 실랑이가 있었던 것 같다.

"그래서 표는? 구했어?"

"응. 그나저나 오늘따라 인간들이 왜 이리 많이 섰는지 모르겠네."

"군인들?"

"응. 뭔 일이라도 났나. 배는 늘었어. 찝찝하게."

부디 가는 날이 장날이 아니기만을 바랄 뿐이다. 그런데 지금 돌이켜봐도 정말 구질구질했던 것은 지하 플랫폼으로 내려가는 에스컬레이터에서조차 사회주의 사상을 주입시키는 내용 따위의 방송이 연달아 흘러나왔다는 사실이다. 딴생각 할 틈을 안 준다. 이놈의 나라는.

"위대하신 령도자인 김정은 동지께서는 …를 참 잘하시었다고 말씀하시었습니다!"

플랫폼 안은 층고가 상당히 높고 널찍하고, 무엇보다 특이했다. 난데없이 걸려 있는 화려한 샹들리에는 또 뭐람.

"보여? 저걸 떼 불알이라고 불러. 떼 불알."

"뭐가요?"

"저거, 천장에 달린 등불 말이야. 아이구 덜렁덜렁 거리네. 떨어지면 큰일 나겠어. 낄낄."

"무식해 증말…"

인지가 노골적으로 혐오스러운 눈빛을 발사했다.

건너편의 벽에는 웅장한 벽화가 그려져 있는데 대략 삼지창과 괭이를 든 걸로 봐서 보나 마나 '노동'을 주제로 했을 테고. 사람들은 열차를 기다리는 내내 묵묵히 앞만 보고 있었다. 몇몇은 '로동신문 가판대'라는 곳 앞에 모여 있었지만, 별도로 뉴스에 대해 이러쿵저러쿵 떠들어대지는 않았다. 그냥 조.용.히. 시끄럽고 일사불란한 남한의 분위기와는 사뭇 달랐다. 그들 사이에서 수상하리만큼 적막한 고요가 흘렀다.

이윽고 플랫폼에 기적이 울려 퍼졌다. 기관사의 표정을 읽을 새도 없이 앞을 훅 지나는 바람에 목덜미에 소름이 끼쳤다. 전기가 오르는 것처럼 찌르르. 긴장하지 말자, 최대한 릴렉스 하자, 정신 똑바로 차리자, 하고 가볍게 어깨를 털며 고개를 좌우로 돌리는데,

엥? 저게 누구지?

가만히 철로를 내려다보고 서 있는 어느 큰 키의 여자.

뜬금없게도 난 왜 그녀가 낯이 익다고 느꼈을까? 연고도 없이 몰래 숨어든 북한 땅에서 아는 사람이 누가 있다고. 옆에서 뭐라고 작게 좋알대는 인지의 말도 귀에 들어오지 않았다. 어디서 봤더라… 기분 탓이겠지, 뭐.

어쨌거나 무사히 탑승 완료. 차창 너머로 열차 봉사원이 붉은 봉을 좌우로 흔들었다. 기관사에게 출발을 알리는 일종의 사인인 것이다. 이윽고 문이 서서히 닫히면서 안내방송이 흘러나왔다.

"손님 여러분 안녕하십니까? 지금 출발하는 렬차는 국제적인 자랑거리 부흥역을 출발하여 경제국방을 드높이는 붉은별역에 도착하는 렬차입니다. 손님 여러분 목적지까지 안녕히 가십시오."

이쯤에서 천리마선의 운행 순서를 밝히자면, 부흥-영광-봉화-승리-통일-개선-전우-붉은별.

평양역에서 멀지 않은 영광역에서 탑승한 우리는 앞으로 두 정거장 다음인 승리역에 내릴 것이다.

전장터에 나가는 장수의 마음으로 경건하게 심호흡을 하고 있던 그때, 저만치 에스컬레이터를 후다닥 내려오는 대여섯 명의 군인들이 눈에 띄었다. 무슨 이유에서인지 하나같이 벌겋게 상기된 얼굴들이다. 우왕좌왕하며 사방을 돌아보던 시선이 이쪽 열차 안으로 향했는데 무슨 대형 사고라도 터졌나 싶었다. 그러다 그들 중 하나가 나와 눈이 마주쳤다. 천천히 열차가 움직이자 그도 따라서 뛰기 시작했다.

줄곧 나를 보면서.

6장
추방

덜커덩-

덜커덩-

태어나 단 한 번도 들어본 적 없는 산간벽지로 쫓겨나던 그날은 온통 먹구름으로 꾸물거렸다. 검게 변한 하늘에서 투두둑 하고 비방울이 떨어지고, 시커먼 침엽수들은 바람에 사납게 몸을 흔들었다. 좁은 길목을 지날 때는 이따금 그것에 얼굴을 긁히기도 했다. 칼날처럼.

끼이익-

차가 멈추었다. 보위원이 두 여자의 머리채를 잡고 냅다 차 밖으로 내동댕이쳤다. 아까 출발할 때부터 투닥거리더니 심기를 결국 건드리고 만 것이다. 사소한 이유에서 싸웠지만 이제 그 처벌은 혹독할 터였다. 나자빠진 둘을 향해 사정없이 발길질을 했다. 그는 상대가 녀성 동무들이라는 사실을 아주 잊은 것처럼 보였다. 그러다 나중엔 한 명을 집중적으로 구타했다. 배가 류달리 불러 있던 그이가 임산부라는 것은 보위원의 욕을 통해 밝혀졌다. 그는 일정 간격으로 숨을 내뱉으며 배를 걷어찼다.

"어디서! 개종자를! 배와 가지곤! 뭘 잘했다고! 소란이야! 소란이!"

누구도 임산부를 위해 해줄 수 있는 게 없었다. 그 참혹한 광경을 볼 수만은 없어 어쩌다 엉덩이를 들썩이는 이도 있었지만, 그 이상의 행동은 없었다. 생존본능에서 나온 인내였다. 녀성은 달거리만 해도 가슴이 몽우리 지고 아프다. 심한 경우는 해산하고 젖몸살을 앓는 것과 맞먹는 고통도 더러 있다. 그러니 그이의 입에서 도저히 사람의 것이라고 여기기 힘든 비명이 터져 나올 수밖에. 피. 여자의 하반신에서 검붉은 피가 쏟아진 다음에야 구타는 멈췄다. 보위원은 억지로 두 여자를 다시 차 우에 짐 싣듯 던지더니 두툼한 손으로 이마를 훔쳤다.

"이 도덕 없는 것들! 오디 더 쌈박질들 해보라우. 아주 요절을 낼테니깐. 니들 잘 들으라우."

그리고 검지를 흔들며 모두에게 말했다.

"맛보기야. 앞으로 소란 피우는 것들은 더한 경험을 하게 해 주갔어, 알갔지?"

"예, 명심할게요, 동지."

그나마 생사여탈권을 쥔 자의 비위를 맞출 줄 아는 누군가가 달래듯 빌었다. 하도 매질하는데 힘을 쏟아 기운도 빠졌거니와 '동지'라는 호칭에 위엄이 살자 그제야 보위원도 다시 차에 경중 뛰어올랐다. 쓰러지듯 엎드린 임산부는 미세하게 경련을 일으켰다. 피떡이 된 얼굴이 빠른 속도로 퍼렇게 부어올랐지만, 누구 하나 다가갈 엄두를 못냈다. 오히려 최대한 거리를 유지하려고 엉덩이를 당겨 앉았다.

덜컹덜컹…

다시 출발하는 바퀴에서 올라오는 진동이 쭈그려 앉은 엉덩이를 타고 고스란히 골반과 갈비까지 전해졌다. 그리하여 짐칸에는 비쩍 마른 어깨들이 속절없이 아무렇게나 부딪히고 흔들렸다. 그만큼 산비탈은 험난했다.

"다들 개수작 부리디 말라."

달리는 차에서 밖을 향해 아무렇게나 오줌을 갈기던 보위원이 말했다. 그러더니 손을 쓱쓱 바지춤에 닦으며 아까 했던 말을 반복했다.

"느이들은 개만두 못해. 요 참대 몽둥이루다가 두들겨 맞는 것두 기때뿐이야. 오또케든 개구녕만 보이문 도망갈 연구만 하니까니. 온제까지 발악할 수 있나 보갔어."

감시 본능에서 한 경고였을 테지만 짐작은 틀렸다. 추방이 결정된 이들은 이미 체념한 상태였기에 그 누구도 거기에 대해 별다른 반응을 보이지 않았다. 그보다 더한 모욕도 감내한 엄마였다. 하루아침에 고상한 가두녀성에서 버러지 취급까지 받아봤다. 이제 오로지 머릿속에 남은 건 하나뿐인 딸 손향을 지켜내는 일 뿐. 평상시에도 얼굴이 곱상하니 탯거리가 고와 어떻게든 해보려는 새끼들만 드글거려 걱정이 많았는데 이제 죄인이 되어 추방당했으니 그 문턱이 우습게 낮아진 셈 아닌가. 앞으로 살아갈 날이 구만 리인데. 엄마는 줄곧 손향의 그 캄캄한 미래를 걱정하고 수습하는데 온통 신경이 쏠려 있었다. 다시 평양으로 돌아갈 날을 고대하며.

"어라? 이 에미나이 텔레비에서 본 것 같은데?"

하고 보위원이 말하자, 누군가 청봉악단 가수 리손향입다~ 라고 답했다. 순간, 보위원의 눈빛은 어떤 뒤틀린 욕망으로 번들거렸다. 손향의 손을 꼭 쥔 엄마는 핏기 없는 입술을 다짐하듯 꼬옥 깨물었다.

굽이진 길을 얼마쯤 갔을까? 골짜기와 골짜기 사이를 지나는 동안 불어오는 바람뿐, 개미 한 마리도 보이지 않았다. 그러다가 차가 속도를 늦추기 시작하자 엄마는 별안간 커진 눈으로 주위를 두리번거렸다. 사방은 첩첩산중으로 둘러싸인 곳이었다.

"이게 아인데… 여가 어데지…"

벌벌 떠는 엄마의 어깨를 끌어안으며 손향이 주위를 둘러보았다. 반대편에서 이 차와 비슷한 차들이 거꾸로 돌아오는 모습이 보였다. 그리고 저만치엔 수십 명의 사람들이 멀뚱멀뚱 서 있었다. 기슭에 아무렇게나 박힌 말뚝 하나가 눈에 들어왔다.

증산 교화소_{평안남도 증산군에 위치}

순간 심장이 멎었다. '평양에서의 추방'이 다른 곳에서의 (조금 불편한)새로운 삶이 아닌, '고통 끝의 죽음'을 의미한다는 것을 뒤늦게 깨달았다. 그때, 엄마가 손향의 귀에 대고 힘주어 말했다.

"도망치라우."

잘못 들었나 싶을 때 엄마가 다시 말했다. 어금니를 악물고, 겁 혹은 확신을 주듯 또박또박.

"날래. 뛰어 내리라우…!"

그러더니 줄곧 꼭 잡고 있던 손향의 손을 단숨에 뿌리쳤다.

* * *

"잡아!!!"

찢어발길 것처럼 산중에 메아리치던 보위원의 고함이 언제부턴가 들리지 않았다. 그러나 멈출 수 없었다. 멈추면 죽으니까. 계속해서 앞만 보고 냅다 뛰었다. 다른 건 다 잘하면서 유독 체육 과목에만 소질이 없어 동무들의 바닥을 깔아주던 손향의 발이 산으로 내달리는 동안은 그 어느 때보다 빨랐다. 본능이었다. 목에서 피 맛이 올라오도록 앞만 보고 내달렸다. 이러다 심장이 튀어나오겠다 싶을 정도로. 빗물인가 싶어 눈가를 훔친 소매에 눈물이 잔뜩 베어 나왔다.

여기가 어디일까.

길 하나 없는 험한 산중을 헤매며 팔과 다리, 얼굴 등 어디 하나 성한 곳 없이 긁히는 바람에 온통 피투성이가 되었다. 하지만 여전히 뇌리에는 나무 말뚝이 떠나지 않았다.

증산 교화소

추방이 아니었다. 모르긴 몰라도 교화소는 정치범 감옥으로 가기 전 단계라는 것을 모르는 바 아니다. 높으신 분네들 앞에서 공연을 하면서 보고 들은 게 있으니까. 그렇게 죽은 사람도 적지 않았으니까. 그런데 손향 모녀를 교화소에 보낸다고? 그것은 고문 받다 죽든, 굶어 죽든, 일하다 죽든 알아서 하란 뜻이다.

'엄마…'

이제 손향이 도망쳤으니 엄마가 매질을 당할지도 모른다. 피를 철철 흘리던 그 임산부처럼. 최악의 경우 아바지처럼 고문 끝에 처형당할 수도 있다. 거기까지 생각이 미치자 다리에 힘이 풀리면서 어느 나무 그루터기에 엎어지듯 쓰러지고 말았다.

얼마나 뛰어왔는지 다리가 발발 떨리면서 쥐가 났다. 모멸과 비참함에 참았던 울음을 쏟아냈다. 아! 엄마를 두고 와선 안 됐다. 혼자 살겠다고 엄마를 버리는 년이 세상천지에 또 어디에 있을까? 일평생 딸자식을 위해 헌신한 엄마를 마지막 순간에 버렸다. 누군가 듣고 찾아오든 말든 아주 크게 소리 내어 울었다. 가슴을 쳤다. 주먹으로 세게, 더 세게. 가슴뼈가 부서지도록 주먹으로 치며 스스로에게 저주를 내렸다.

"나가 뒈젓뻐려라!!!"

새소리, 풀벌레 소리에 천천히 눈을 떴다. 며칠이 지났는지도 모른다. 여러 날 한뎃잠을 잔 탓에 온몸이 부서질 것처럼 아팠다. 어디로 가야 될까? 앞으로 어떻게 해야 할까? 모든 게 막막했다.

몸을 웅크리고 여러 생각에 잠겼다. 문득 윤미 동무가 궁금해졌다. 윤미 동무는 무슨 죄가 있어 혁명화를 간 걸까? 혹시 남조선에 갔을 때 새벽에 몰래 설기빵을 나눠 먹은 것 때문에? 아니면 남조선 예술인과 사적인 대화를 나누어서? 혁명화를 어디로 갔을까? 엄마처럼 교화소엘 갔을까? 아니면 돼지 농장? 언제 돌아올까? 언제고 돌아오겠지. 한 번쯤 손향이 어디로 갔는지 그리워해 준다면 고마울 것 같았다.

천천히 자리에서 몸을 일으킨 손향은 산중을 벗어나 어디인지 모를 동네 초입에 들어섰다. 인적은 드물었다. 그 와중에도 평양과는 비교도 안 될 만큼 허술하고 낙후된 풍경에 놀라운 마음이 들었다. '오늘신문' 가판대로 가서 오늘 자 로동신문을 확인했다. 일면에는 몇 달 전까지만 해도 손향도 함께 준비했던 녀성중창 무대에 대한 내용이 실렸다.

〈핵과학자를 위한 축하공연〉

'……'

원래대로라면 손향이 있어야 할 자리에 대강 비슷하게 짜리몽땅하고 왕방울만 한 눈을 가진 가수를 데려다 났다. 누구인지 이름은 모르겠다. 사진으로 볼 뿐인데도 손향은 단박에 알아볼 수 있다. 다른 동무들의 몸동작이 교묘해졌음을. 그동안 얼마나 손향을 배척하고 경계했는지, 그래서 얼마나 피나는 로력으로 손향의 자리를 지우려 했는지 몸동작에서 고스란히 느껴지자 기분이 울적해졌다.

개인적인 감상도 잠시, 그 밑에 실린 기사를 보는 순간엔 심장이 쿵! 하고 떨어졌다.

'말도 안 돼…!!!'

거기엔 혁명렬사릉에 묻혀 있는 손향의 할아바지를 처단해야 한다는 규탄의 글이 실려 있었다. 할아바지의 황동 흉상을 산산이 깨부순 사진과 함께.

로동신문

경애하는 김정은 동지께서는
가증스럽고 파렴치한 불량분자 리삼태를
즉시 렬사릉에서 파내라는 지시를 내리시었다

PYONGYANG

2부

GOLD RUSH

₩ 11,200,000,000

DANDONG→PYONGYANG

Tuesday, February 27, 2024

7장

천리마선

할머니가 살던 집터는 지금쯤 어떤 모습일까? 번화한 수도이니만큼 몰라보게 변해 있지 않을까? 가정집이 떡하니 생겼을 수도 있고, 아니면 개발이 되어 고층 건물이 올라가 있을 수도 있고, 그땐 어떻게 하냐고 묻자 애꾸가 도리어 반문했다.

"개발이 뭡까?"

그래, 내가 아는 서울을 떠올리면 안 되지. 이름만 수도지 아직도 꽃제비가 드글거리고 보여주기식의 연극무대인 평양이 개발이 됐으면 얼마나 됐겠어. 나야 좋지. 그건 그렇고 애꾸 녀석이 문제다.

"목적지까지 가는 것만 도와주면 돼."

"돕긴 왜 돕슴까? 난 모 꽁으로 함까?"

"그러니까 뭐? 말을 해. 바라는 게 있을 거 아냐?"

"남조선 사람들 먹는 것 중에 엄청난 게 있다든데요."

"뭔데?"

"기억이 잘… 생각 좀 해보구요."

랍스타? 스테이크? 코스요리 따위를 알 리는 없고. 대체 얼마나 비싼 걸 사달라는 건지 밑밥을 깐 게 조금 마음에 걸렸다. 승리역은 다른 역과 달리 역사 건물 없이 나오자마자 바로 맨 지상이란다. 잘 숨어야 하는데, 딸린 식구가 많으니 여의치 않다고 퉁퉁 댄 것이다. 혹시 꽃제비 무리들까지 싹 다 회식이라도 시켜야 되는 건 아닌가 모르겠네. 차근차근 녀석을 떨굴 준비도 해야 했다. 지금까지는 딱히 하는 게 없어 보이는데, 앞으로도 그럴 것 같았거든. 괜히 짐만 되는 거 아닌가 몰라.

"동무."

그때였다. 어느 군복을 입은 여자가 다가와 인지에게 말을 걸어왔다. 단발머리에 키는 165센티미터쯤 될까? 보통 북한 매체에서 얼굴마담으로 내세우는 여군의 표본을 보는 것처럼 꽤 예쁜 여자였다. 목에는 호루라기가, 팔뚝에는 붉은색 완장에 '안내'라고 쓰여 있다. 설마, 이 여자가…

"그냥 눈 시건방지게 뜨고 쫑 좀 보자고 달겨들면
다 한통속이라고 보면 돼."

드디어 올 것이 왔다. 인지가 구원을 바라는 듯 내 쪽을 보다가 입을 열었다.

"네?"

"표 좀 봅시다."

여정이 순탄할 리 없을 거라고 각오는 했지만, 그래도 그렇지, 너무 갑작스럽다. 빠르게 주변을 스캔했다. 얼굴에 낭패감이 역력한 원 씨, 이미 저만치 사람들 속으로 몸을 숨긴 애꾸. 표를 요리조리 돌려 보던 여군은 이번엔 내게 물었다.

"동문 오서 오셨습까?"

"……"

"평양 시민 맞습까?"

원 씨가 옆에서 옆구리를 찔렀다. 무턱대고 찌르기만 하면 어쩌라는 거야. 그게 대체 무슨 시그널이냐고. 말을 하란 건지 말란 건지. 아니면 도망을 치라는 건지. 갈팡질팡하고 있는데 뜻밖에도 그 여군에게서 인지가 보였다. 나이키 웃음이 그것이다.

"다시 묻갔슴다. 오서 오셨습까?"

어느새 주변의 시선이 하나둘 쏠리기 시작했다. 여군은 인지가 돈 내놓으라고 다그쳤을 때처럼 어금니에 힘을 주며 단호하게 말했다.

"날래 대답하십쇼."

"북청서 왔는데 어째 이러오?"

그때, 원 씨가 구원타자로 나섰다. 갑자기 다른 지방 사투리를 쓰면서. 좌우지간 중요한 건 신경이 원 씨에게로 옮겨졌다는 것이다. 일단 나는 살았다.

"북청에서 왔습까?"

"예. 아바이 뵈러 왔슴메."

"… 표 좀 봅시다."

하지만 원 씨가 내민 차표도, 여행증명서 쪼가리도 소용없었다. 어쩌면 자신이 원하는 대답을 듣지 못해 화가 난 것이리라. 그렇다면 뭘 알고 있는 걸까? 우리에게서 수상한 낌새라도 느낀 걸까? 수백 명의 사람들 중에서 왜 하필 우리에게? 원 씨가 쐐기를 박듯 다시 말했다. 흥분이 묻어 나오는 어조에서 조급함이 느껴졌다.

"이보오, 동무. 내 평양서 살지는 않지마이 이거 마이 심한 거 아이오?"

"북청에서 왔다…?"

"못 믿갔음 함 갑세! 북청 갑세!"

"주소 대십쇼."

"기딴 건 애 묻슴?"

"주.소. 대시라요."

"숧소."

"머요?"

"슬마하이 내 요, 요사스런 분잔가 기러는검 기양 가기오. 내 누, 누군 줄 압메? 여까지 오느라 심드러 죽갔는데 별, 별스런 꼴 다 보기오. 이야- 이, 이 에미나이 완장 차더이 여 눈빛 좀 보기야!"

북한 말을 모두 알아듣지는 못하겠지만 원 씨가 그동안 얼마나 다채로운 상황에서 근무해왔는지 알 것 같았다. 그러나 여군은 인상을 찌푸리더니 이번엔 옆에 있는 인지에게 같은 질문을 던졌다. 아마 우리 중에서 제일 만만해서였을 것이다. 강약약강은 남이나 북이나 공통이다.

"동무. 내 아까부터 보니까니 말투가 우리 인민이 아니어서 말이디. 주소 대십쇼. 평양 오델 갑네까?"

"저요? 북청…이요. 아니, 평양…"

나는 실패를 예감했고, 동시에 승리를 거머쥔 여군은 실소를 터뜨렸다. 이대로 무방비하게 당할 수만은 없다. 옆 칸으로 가기 위해 인지의 팔꿈치를 살짝 잡아끌자 이젠 아예 짜증 섞인 투로 내지르는 게 아닌가?

"거 함부로 칸 이동 못 하는 것두 모름까??"

어느새 열차 칸에 있던 사람들이 대놓고 모여들었다. 조금 전까지만 해도 활력 없던 얼굴들이었는데 어느새 생기가 돌았다. 남의 싸움이 재밌다 이거지.

빼도 박도 못하는 상황이 됐다. 설상가상 같은 차림의 군복을 입은 두 명의 열차원까지 이쪽으로 온 상태였다. 그리고 순식간에 총구가 눈앞까지 오자 깨달았다. 다 끝났다는 것을.

"야, 니들 손 올려."

* * *

"돈 숯!"

정신을 차리고 보니 어느새 내 손에 총이 쥐어졌다. 순식간에 화면이 바뀌어서 정신이 혼미하지만, 그래도 그 과정을 밝히기 위해서는 애꾸 녀석의 시점에서 설명해야 될 것이다.

맨 처음 지하철 문이 닫힐 즈음에 에스컬레이터를 타고 군인들이 내려왔다고 했지 않나? 그 모습을 나 뿐 아니라 애꾸 역시 목격한 것이다. 그리고 이어서 여군이 시비를 걸기 위해 다가올 때 이미 녀석은 자신의 운명이 갈림길에 섰다는 걸 알아차렸다고 한다. 이대로 어른 키 높이의 죽창이 꽂히고, 철조망으로 둘러싸인 감옥에 들어갈 것인지, 아니면 여기서 죽을 때 죽더라도 판을 뒤집어 보던지. 그리고 열차원들이 추가로 늘어나는 와중에 원 씨가 되도 않는 북청 사투린지 나발인지를 씨부릴 때, 이미 자신은 결단을 내렸다고 한다. 판을 뒤집기로.

역시 멘탈 자체가 한국의 어린이 친구들과는 천지 차이다. 키도 작달막하니 눈에 띄지도 않으니 천천히 그들 틈으로 파고들어서 열차원의 허리춤에 메어놓은 총자루를 쌔비친 것이다. 기술 노하우를 따져 묻는 건 솔직히 무의미하다. 어려서 수년 동안 길바닥에서 거칠게 살아왔으니 그게 설명한다고 우리 같은 사람들이 이해할 수 있는 것도 아니고.

아무튼 중요한 건 위세가 하늘을 찌르던 여군이 모양 빠지게 주춤해서 저자세를 취하고 있다는 것, 그리고 열차 내부는 금세 아수라장이 되었다는 사실이다. 비명, 괴성, 이판사판.

자, 여기서 끝이 아니다. 놀라운 사실을 하나 더 밝히겠다. 총자루는 내 손에 쥐어졌지만, 그 고함은 나의 것이 아니다. 그게 무슨 소리냐고? '돈 숯'은 내가 아닌 저 반대쪽, 생판 처음 보는 여자가 지른 소리라는 거지.

"돈 숫!!!"

순식간에 홍해처럼 사람들 사이가 갈라졌다. 그 사이로 여자의 모습이 고스란히 드러났다. 갑자기 튀어나온 그녀는 키 180센티미터, 호리호리한 체구에 까만 배낭을 멘 외국인이었다. 머리를 하나로 질끈 묶고, 구릿빛으로 까무잡잡하긴 하지만 백인이 확실하다. 그리고 배낭에 매단 성조기 배지로 봐서 미국인이다!

'미국인이 여길 어떻게?'

미국에서는 북한을 여행금지국가로 지정했을 텐데, 저 여자는 어떻게 들어온 걸까?

'어라…?'

그런데 자세히 보니 그 미국인 여자가 들고 있는 건 총이 아니라 봉이 달린 액션캠이었다! 그런데 어디서 많이 본 것 같다. 젠장, 처음 보는 여자가 분명한데. 어디서 봤더라? 아! 아까 플랫폼에서 봤던 그 여자다.

그때 인지가 호들갑을 떨며 팔을 흔들었다.

"저 여자! 우리 단둥에서! 기차!"

"아!"

이제야 기억이 났다. 단둥에서 탄 평양행 열차에서 맞은편에 앉던 여자다. 모자를 썼지만 삐져나온 붉은 머리, 그리고 평양에 도착하는 내내 에어팟을 꽂고 있던. 원 씨 말로는 러시아 관광객 같다던. 그런데 미국인이라고? 불법으로 북한에 들어온 걸로 모자라 설상가상 북한 열차원이 총을 든 모습을 줄곧 찍고 있었다고? 생각을 해보

자. 그렇다면 아까 출발할 때 플랫폼에 좍 깔렸던 보위원들이 좇는 대상도 우리가 아니라 저 여자였다면 설명이 된다.

문제의 백인여자는 뭐라 뭐라 씨부렸다. 대강 콩글리시 실력으로 주워들은 바에 의하면, 무고한 시민에게 총을 쏘면 자기는 이걸 전 세계에 퍼뜨릴 거라나 뭐라나.

'아, 총!'

뒤늦게 정신이 번쩍 든 나는 총을 얼른 허리 뒤에 찔러 넣었다. 다행히 아무도 못 본 모양이다. 이유야 어찌 됐건 저 백인여자도 팔자가 더럽게 꼬인 게 분명하다. 감히 액션캠을 들이대? 넌 이제 죽었다. 덕분에 우린 살았고.

그러나 적에게 치부를 들킨 성문지기에게 자비란 없다. 여군이 분노로 이글거리는 눈으로 서서히 몸을 일으켰다. 그러더니 웬걸? 나와 백인여자를 번갈아 보는 게 아닌가? 그렇다. 우리를 한패라고 여긴 것이다.

"저거부터 잡으라."

여군의 지시에 열차원들이 내 두 팔을 뒤로 결박했다. 방어할 겨를도 없이 벌어진 일이었다. 키도 작고 할머니 말마따나 와루바시 같은 애들이라서 얕본 게 화근이었다. 겉보기엔 그래도 내공 하난 실한지 딴딴한 근육이 내 순두부 같은 팔에 닿을 때마다 아파 비명을 지르고 말았다. 쪽팔리게.

"악! 살살, 살살해!"

"오, 옵…빠…"

인지가 공포에 질린 나머지 하마터면 나를 '오빠'라고 부를 뻔했다. '오빠'는 괴뢰말투로 간주되어 끌려간다는 사전 교육을 그 와중에도 착실히 지키고 있는 셈이었다. 차마 어쩌지는 못하고 열차원들의 손등을 찰싹찰싹 때리며 울먹이는 인지. 그때였다. 오빠를 오빠라고 부르지도 못하는 그 엿 같은 상황에서 별안간,

"아바지!"

하고, 애꾸가 와락 내 품으로 뛰어들었다. 아버지? 나? 애꾸를 제외한 모두의 눈동자에 물음표가 떠올랐는데, 그러거나 말거나 녀석은 내 허리춤을 끌어안고 생글생글 말하기를,

"정말루 청년공원에 갈 거디요?"

"……?"

"관성렬차 태워준다구 했잖아요!"

"아…!"

"오마니가 그러는데 나 꼭 지짐이두 사주라구 했디요?"

"그, 그럼! 사, 사줘야디!"

"이야 신난다! 아, 우리 아바지는 와 잡구 난리예요?! 놔요, 놔!"

그러자 양쪽에서 나를 꼼짝 못 하게 하던 열차원들의 팔에서 서서히 힘이 빠졌다. 동시에 여군도 조금씩 경계의 눈초리를 거두며 우리에게 등을 돌리던 그때, 열차의 속도가 차츰 줄어들었다. 이어서 안내방송이 흘러나왔다.

"이번 역은 공화국 창건의 얼이 담긴…"

우리가 내려야 할.

"승리역입니다."

지금이다!

8장
신양리 4통 7반

열차 문이 열리자마자 그 길로 우리는 쏜살같이 뛰쳐나갔다. 걸음아 나 살려라, 그냥 무조건 앞만 보고 전력 질주한 거지. 더는 못 따라올 것 같다 싶을 때까지 멈추지 않고.

아무리 우리가 수상해도 끽해야 지방민쯤으로 여기지, 누가 남한에서 왔을 거라고 상상이나 할까? 우리보다 더 급한 '폭탄'이 저 안에 있는데. 물론 우리에겐 귀인이지만 말이다.

"근데 그 여자 말이야. 무사할까? 미국인 같던데."

인지가 숨을 고르며 물었다.

"내 코가 석 자다. 알 게 뭐야."

"걱정 마."

원 씨가 말했다.

"어차피 오토 웜비어 사건도 있고 해서, 더는 애들도 미국인 못 건드려. 걸려봤자 카메라 압수가 다겠지."

그러면서 '운이 좋으면'이라는 단서를 붙였다. 얼마 전에는 미군 하나가 판문점을 무단으로 넘어간 일도 생겼는데 지금까지 돌아오지 못하고 있다. 과연 그녀라고 무사할까? 에이, 나도 모르겠다.

아침에 출발했을 때의 싱그러움(?)은 사라지고, 어느덧 우리 세 사람의 얼굴은 공평하게 오 년 정도씩 늙어 있었다. 생각보다 쉽지 않다.

"그나저나 되도 않는 사투리는 왜 써서 그 여잘 자극해?"

"누구? 방송원 계집애?"

"방송원이었어? 여하튼."

"기껏 시간 벌어줬더니 사람 서운하게 만드네. 형씨는 뭐 했어? 막말로 나랑 애꾸가 다 했구만."

맞는 얘기다. 나는 쫄레쫄레 앞질러 걷는 애꾸의 천진한 뒤통수가 신경 쓰였다.

"아바지!"

어떻게 그 상황에서 그런 생각을 했을까? 내 눈엔 뛰어난 임기응변이 아니라 그간 거칠게 살아오면서 익혀온 생존전략 같았다. 세상에 냉소적이고 불만이 많아 보이는 녀석의 입에서 그토록 사랑스러운 대사가 나올 수 있다는 것이야말로 이 체제가 말하는 반동 아닐까?

고맙다고 말하기엔 녀석이 너무 우쭐댈 것 같고, 그렇다고 덮어두기엔 또 마음에 걸리고. 그래서 혼자 타협을 본 것이 금괴를 찾거든 한 덩어리 뚝 떼어주자 생각했다. 그런데 막상 녀석에게 그게 무슨 도움이 될까. 되겠지, 뭐, 무려 금인데!

"저쪽임다."

애꾸가 한 손으로 어딘가를 가리켰다. 노을에 젖은 창문들이 반짝이는 어느 고층아파트였다. 그제야 오후 5시임을 깨달았다. 단둥에서 출발한 지도 꽤 지났으니 어느덧 해는 저물어가고.

"설마 이 자리야? 아파트가 들어섰다고?"

"아니오. 이 아빠트에 숨어야 된단 말임다."

"아하, 난 또."

엘리베이터를 두고 원 씨가 계단을 올랐다.

"엘리베이터 냅두고 뭐 하러 계단으로 가?"

"작동 안 돼."

"왜 안 돼?"

"백날 눌러봐라. 문이 열리나."

역시 그랬다. 열기 버튼을 아무리 눌러도 열리기는커녕 불조차 들어오지 않았다.

"젠장. 뭐 이따위야."

"곧 퇴근 시간 되면 그때 불 들어와. 그러니까 지금은 걸어 올라가자고."

"언제까지 숨어 있어야 돼?"

"사람들 다 잘 때까지."

"언제 자는지 일일이 어떻게 아냐?"

"왜 몰라? 밤 10시면 다 불 끄고 자는데?"

"뭐 하러 일찍?"

"전기가 끊기니까."

"그럼 작전 개시는 언제부터 할 건데?"

"아, 말 드럽게 많네. 밤 12시쯤에 상황 봐서."

"제한 시간은?"

"늦어도 새벽 3시 안엔 끝내야 해."

"좋아. 그 시간엔 길가에 사람들 없겠지?"

"그래도 만에 하나 일찌감치 나온 사람하고 마주치면 그땐 형씨나 나나 끝장나는 거야. 여하튼 후딱 해치워야 해. 아, 빨리 올라와. 밍기적 대지 말고."

우리가 숨어들 곳은 15층 아파트 중 14층.

이미 중간쯤부터 숨이 가빠 움직임이 둔해진 우리와 달리 애꾸는 날다람쥐 새끼마냥 깡충깡충 올라가더니 이따금씩 돌아보며 생글거렸다. 어쩌다 철골 구조물이 떨어지는 듯한 둔탁한 소리에 소스라치게 놀랐지만 안심하란다. 부실공사라 그럴 수도 있고(그걸 아주 태연하게 말한다), 설령 어느 집의 가재도구가 떨어졌다 하더라도 전기가 통하지 않아 승강기 없이 오르내려야 하기 때문에 귀찮아서라도 내다보지도 않는다는 것이다.

"정말 다이나믹하게들 사네."

"여 다 우리 세상임다."

"다른 사람들도 살잖아."

"먹다 버린 옥수수처럼 빈집이 더 많으니까요."

"좋은 건지, 나쁜 건지."

"우리한텐 좋은 거 아임까?"

빈집들은 꽃제비들이 종종 드나들었는지 저마다 문이 열려 있었다. 잠금장치도 허술하고. 도배는커녕 여전히 시멘트 냄새가 풍겼는데, 입주를 기다리는 집이라기보다 그냥 버려진 폐가에 가까웠다. 더구나 창호가 설치되어 있지 않아 찬바람이 칼춤 추듯 집안 내부를 관통했다. 뭐, 용산 대통령 집무실하고 재벌가 부촌이 한 곳에 몰려 있는 것처럼 대단한 동네라더니 이런 상태라면 거저 줘도 안 산다.

그때 층계참 한쪽 벽에 긴 그림자 하나가 비치는 것 같았다. 사람인가? 눈사람 형상이다. 애꾸는 처음엔 단속하러 온 안전원일까 싶어 표정이 잠시 굳더니 자기가 보고 오겠다며 주섬주섬 나섰다. 그리고 잠시 후, 없던 용기가 솟는지 벽을 옆차기하듯 발로 차며 웃었다.

"아무도 없슴다. 계단 난간 봉우리 그림자였슴다."

"그건 그렇고 원 씨. 우리 내려갈 땐 엘리베이터 탈 수 있겠지? 언제 작동될 것 같아?"

그러자 원 씨가 담배갑을 꺼내며 대답했다.

"차라리 김정은 살이 언제 빠지는지를 물어라."

"그럼 내려갈 때도 걸어가야 된단 소리야?!"

"뛰어내리든가."

"나 무릎 안 좋단 말이야!"

"오빠, 쉿. 어디서 사람 소리 들리는 것 같지 않아?"

일동 숨을 죽이고 귀를 기울이자 밑에 층 어딘가에서 들려오는 고함이었다. 부부가 싸우는 소리였는데 아내로 보이는 쪽이 악을 쓰고, 다른 한 명이 고래고래 응수하는 걸로 봐서 왠지 남편이 술을 퍼마시고 귀가한 것 같다. 그러다 어느 집에선가 창문을 열고 곱게 잠이나 쳐 자라는 윽박이 쏟아졌다. 웃음이 났다.

"좌우간에 차암 나도 브로커 생활하면서 이런 경우는 처음이다, 처음."

원 씨가 말했다.

"처음이자 마지막일 거예요. 아휴, 냄새! 아저씨! 담배 좀 끄세요!"

"아, 한쪽에서 피잖아."

"아저씨만 거기에 있으면 뭐해요? 담배 연기 여기까지 오는데? 지금이라도 끊어요! 연옥 구경이라도 하고 싶으면."

"연옥?"

"천국 가기 전에 대기하는 곳 말이에요."

"벨게 다 있네… 그딴 거 필요 없어. 안 그러냐, 애꾸?"

원 씨가 애꾸의 머리를 가볍게 치며 묻자, 녀석도 넉살 좋게 맞받아쳤다.

"맞습다! 뭐하러 뒤져서까지 대기한담까? 여가 지상락원인데요."

자기네들끼리 깔깔대는 모습을 보자 나도 모르게 웃음이 터졌다. 어이없는 놈들.

"아저씨. 근데 여긴 어떤 사람들이 살아요? 보기엔 이래도 나름 부자들이 살겠죠?"

"항일투사가족이요."

애꾸가 끼어들자 원 씨도 생각난 듯 말했다.

"또 있어. 접견자 가족이라든지, 쩐주도 살고, 공훈배우들. 홍길동 하던 배우 리영호도 살 걸 아마. 아, 맞다! 여기 청봉악단 가수들도 살아. 걔 누구야? 눈 크고 키 쬐끄만 해."

"리손향이요?"

"그래! 개도 살고."

"근데 리손향이는 중국으로 도망치려다 죽었댔어요."

애꾸가 다시 끼어들었다.

"맞다, 참. 걘 죽었지."

"걔가 누군데?"

"있어. 여기 유명한 가수."

"왜 죽었는데?"

"몰라. 이야- 근데 이거 무슨 냄새냐?"

어디선가 저녁을 준비하는지 달그락거리는 소리가 들렸다. 뭔지는 몰라도 꽤 맛있는 냄새다. 부침개 같기도 하고, 감자볶음 같기도 하고. 날까지 춥자 기름진 냄새가 더욱 허기를 자극했다. 문득 옛날 생각이 났다. 고등학교 때 친구와 함께 학원 전단지를 돌리는 아르바이트를 한 적이 있었는데, 아파트 현관문에 꽂는 일이었다. 미성년자가 할 수 있는 단순 노동이지. 그때도 이 시간대였다. 초저녁.

발에 땀띠나게 돌리고 있는데 어느 집에선가 계란 프라이 냄새와 된장찌개 냄새가 풍기던 게 아직도 생생하다. 혼자 그런 생각을 했다. 저 집은 식구가 몇 명일까? 가장의 퇴근 시간에 맞춰서 준비한 거겠지? 하고. 뭐랄까? 좀 서럽다고 해야 되나? 부럽다고 해야 되나? 그런 거 보면 사람은 누구나 그런 회귀본능이 있는 것 같다. 식구들의 수저가 정답게 부딪는 안락한 곳에 대한.

"밑에서 석유곤로에 밥 짓나 봅다."

애꾸가 코를 킁킁거리며 대답했다. 녀석도 그때의 나와 같은 기분일까?

"세상에 석유곤로? 어떻게 쓰는지도 모르겠네. 그러고 보니 배고플 시간이네. 꼬마야, 너도 배고프지?"

인지가 또 톤을 높여 살갑게 말을 걸었다.

"예."

"일 마무리 되면 이모가 맛있는 거 사줄게. 뭐가 제일 먹고 싶어?"

"그… 남조선에 그런 음식이 있다구 했거든요."

"뭔데?"

"돼지고긴데요. 찹쌀가룬가 옥수수가룬가를 입힌 거를 갖다가 기름에 막 튀겨서리, 그 담엔 그 우에 달짝지근한 간장 물 같은 걸 뿌리더랍다."

눈동자를 굴리던 인지가 정답을 외쳤다.

"탕수육!"

"예! 맞습다! 탕수육이요! 이제야 기억이 났네!"

아니, 남한 사람들 먹는 것 중에 엄청난 게 있다며 눈을 반짝이더니 고작 탕수육이었어? 깐풍기도 아니고? 탕수육 제일 큰 게 대강 5만 원이라고 치면, 그 꽃제비 무리들까지 싹 다 회식시켜주는데 30만 원이면 떡 치겠다-는 계산이 서자 마음이 한결 가벼워졌다.

"좋아. 이모가 일만 잘되면 꼭 사줄게. 약속."

"예에!"

애꾸가 쑥스럽게 웃었다. 그 참에 함께 다니던 내내 궁금했던 애꾸눈의 내막을 물어나 볼까 싶었으나 괜한 상처를 건드리는 것 같아 화제를 돌렸다.

"너 근데 왜 계속 얘한테만 웃어 주는데? 사람 차별하냐?"

원 씨가 끼어들었다.

"태어나서 지한테 처음으로 잘해준 어른이래, 형씨 누이분이. 껄껄."

대체 뭘 잘 해줬다는 건지 묻자 맨 처음 평양역에서 만났을 때 소매를 접어준 것, 그리고 참 귀엽게 생겼다며 볼을 꼬집은 것이란다. 내 참 어이가 없어서.

"긴데 궁금한 거 있습다."

"뭐."

"남조선에선요, 겨울 되면요, 붉은 털옷 입은 늙은이가 하늘 우엘 막 나다닌다는데 정말임까? 뭐라드라? 산…ㅌ…털…"

"늙은이가 뭐야, 늙은이가, 임마. 버르장머리 없이. 산타클로스 할아버지."

"산타… 클로스? 산타가 아니구요?"

"풀네임이야."

"풀내음?"

"뭔 소리야."

"실제루두 봤슴까?"

"본 건 아니고. 예전에 산타 옷 입은 적은 있어."

서 사람들과 함께 크리스마스 날에 고아원을 찾아 봉사활동 한 일을 들려주자, 우리 사이에 잔잔한 웃음이 흘렀다. 녀석만 빼고.

"산타두 아님서요?"

"노인네 혼자 어떻게 다 하냐? 나한테 잠깐 하청을 준 거지."

"에이."

"뭐가 에이야?"

"누굴 바보루 아나? 홀쭉한 산타가 어딨담. 한나두 안 똑같지요. 산타는 보니까니 막 배도 이만큼 나왔는데요? 당 간부처럼."

"당 간부?"

"예. 잘 먹어서 근가. 그리구 그 할아버지 부자니까 선물두 막 나눠주는거갔죠?"

"부자라고 다 주냐? 이렇게 따악 봐서 착한 아이들이 있으니까 기특해서 주는 거지."

"아, 그럼 나는 못 받갔다… 착한 아가 아니깐. 그지요?"

"내가 네 인생을 어떻게 아냐? 잠자코 앉아 있어. 괜히 말소리 들려서 좋을 거 없으니까."

하다가 날 빤히 보는 게 좀 미안해서 덧붙였다.

"너도 받을 수 있어. 이번 일만 잘 도와주면."

"뭘 받을 수 있는데요?"

"로봇트…나 자동차 같은 거? 아마도?"

그러다가 괜히 대답했나 싶었다. 이 더러운 기분은 뭘까. 뭔가를 마음에 그리는 듯이 잠시 멎어있는 녀석의 맑은 동공이 보기 싫어졌다. 괜히 못 지킬 약속을 했나 싶고.

"또 있슴다."

"뭔데. 마지막이야, 이번이."

"남조선에선요. 감옥에서 죄수가 나옴 정말 두부를 꽁으로 먹슴까?"

"그런 셈이지. 왜?"

녀석은 충격을 받은 듯했다. 있이 사는 사람들이나 두부 한 모 사다가 그날 저녁에 온 가족이 푸짐하게 먹는데, 그걸 남조선에서는 인간 말종 죄수한테나 주고 죄수는 그걸 대강 씹다 버린단다. 어디서 본 건 있어서 흉내를 내는 녀석. 어떻게 아느냐고 묻자 몰래 본 남조선 영상물에서 그렇게 나오더란다.

"근데 너희 엄마 아빠 어디 가고 혼자 다니냐?"

사실 상식적인 어른, 아이 관계만 놓고 보자면 만난 처음에 물었어야 할 질문이었고, 그러지 못한 관계로 내내 마음 한곳에 묵혀둔 질문이기도 했다.

"모름다. 우리 아바진 어디루 끌려갔대요. 나두 듣기만 했어요."

"어디로?"

"육일삼에."

"육일삼? 거기가 어딘데?"

"함경북돈가…남돈가… 나두 몰라요. 엄마가 육일삼이랬어요."

"그러니까 거기가 뭐 하는 데냐고?"

"탄광이래요."

그러자 더는 들어줄 수 없다는 듯이 원 씨가 한숨을 쉬듯 말했다. 눈빛엔 약간 원망이 실린 채로.

"아오지 말이야, 아오지."

하면서 애꾸가 못 보게끔 목에 손날을 그으며 안타까운 표정을 지었다. 그 말로만 듣던 아오지 탄광. 슬펐냐고? 안타까웠냐고? 의외로 아니었다. 코앞에 너무나 동떨어진 삶이 마주하고 있으니 감이 안 왔다. 이쯤에서 다시 상기해야 할 건 보고도 믿겨지지 않고, 겪고도 느껴지지 않은 이곳은 북한이다.

"그나저나 형씨, 형씬 그거 찾으면 뭐 할 거야?"

원 씨가 얼른 화제를 돌렸다.

"집 사고, 땅 사고, 차 사야지. 남은 걸로는 평생 놀고먹으면서 취미생활이나 하고. 매주 로또 하는 것도 지겨웠는데 잘 됐지, 뭐."

"거 포부 한 번 옹골지네. 누이분은?"

"전 무조건 세계 일주요. 그것도 퍼스트클래스로 유럽 쫙 돌고. 맞다! 버킷리스트에 아프리카 여행도 있어요. 아! 오빠처럼 집도 한 채

사야겠네. 그다음엔 뭐 하지…"

한 채 뿐이냐, 두 채, 세 채는 살 수 있다며 원 씨가 추켜세우자 정말 마음이 간질거렸다. 지금의 삶을 버리고 새롭게 태어나는 거다. 새로운 사람이 되어서 새 집에서 새 차를 끌고, 그동안 만나보지 못했던 새로운 사람들 틈에서 사는 거다. 금괴 백억 원어치라면 충분하다.

그나저나 금괴를 찾으면 무거울 텐데 어떡하지? 하는 수 없지. 일종의 밀반출이 될 테니 중요한 건 들고 나가는 과정에서의 안전이다.

어느덧 오후 7시. 나와 인지는 밖을 향해 슬쩍 고개를 내밀었다. 서쪽 지평선 끄트머리엔 낮게 깔린 새빨간 노을이 몸을 떨고 있었다. 그 가운데를 까만 구름 몇 점이 길게 흘렀다. 할머니 생각이 났다. 할머니가 지금 옆에 있다면 뭐라고 말씀하셨을까? 밥그릇 잘 챙기라고? 이번엔 혼자만 꿀꺽하지 말고 인지랑 사이좋게 나눠 가지라고? 그리고 고모들을 너무 나 몰라라 해서도 안 된다고 덧붙이시겠지.

이윽고 평양 시내에도 차츰 가로등이 차례로 밝혀졌다. 한쪽에서는 여전히 안전원들이 어슬렁거렸다. 자신들이 밟고 있는 땅 어딘가에 금괴가 묻힌 줄도 모르고.

* * *

드디어 밤 12시.

자정을 넘긴 평양 시내는 그야말로 암흑 그 자체였다. 달빛에 하얀 치아만 번뜩이는 우리는 차츰 목적지를 찾아 내려가기로 했다. 오랜 시간 추위에 떨다 보니 손발과 엉덩이는 물론이고, 심지어 무릎 연골 속까지 냉기가 쑤시고 들었지만 괜찮다. 그것은 금괴만 손에 넣는다면 전부 해결될 일이니까.

"그 자리에 건물이 안 올라간 거 맞지?"

"위치가 안상택 거리를 기준으로 왼쪽에 있기 때문에 그쪽은 개발이 더뎌. 버려진 땅도 많고. 두 달 전에 그쪽에서 탈북한 사람이 있어서 잘 알아. 그런데 다시 확실히 해두자고."

원 씨가 싸늘한 얼굴로 겁주듯 말했다.

"뭘?"

"삼 대 칠이야. 잊지 마."

"그래, 그래, 알았어."

그러자 인지가 옆에서 뭐라 뭐라 구시렁댔다. 처음 브로커 사무실에서는 별말 없더니 점차 금괴가 가까워지자 배분 문제에 예민해진 것이다. 상속세 면제라더니 뭐 하러 저 인간한테 30%나 주냐는 푸념. 물론 나도 아깝지. 그래도 나라에서는 우릴 위해 해준 게 없는데, 저자는 목숨 걸고 여기까지 우릴 에스코트해주니 그냥 봐주자는 말로 둘러댔다. 그래, 좋게 생각하자. 북한에 있어봤자 몽땅 뺏기기밖에 더 해?

그렇게 걸음을 재촉하고 있는데, 문득 저 앞에서 군복을 입은 남자 하나가 걸어오고 있었다. 젊은 남자였다. 거듭 말하지만, 시각은 밤 12시 20분.

"원 씨, 앞에 누구 오는데?"

"뭐야, 염병할. 보위원이잖아."

"보위원?? 이 시간에 왜 돌아다녀?"

"나도 몰라. 일단 간격 유지하고 고개 숙여. 눈 마주치면 성가시니까."

자, 이쯤에서 보위원에 대해 짚고 넘어가자. 별도의 지식이 없어도 알 수 있는 건 그들은 탈북자들이 꼭 한 번 이상은 걸고넘어지는 존재들이다. 대표 키워드는 횡포, 억압, 감시, 때론 범죄. 당연히 급도 있다.

"시군 보위부."

원 씨가 말했다.

"걔들은 사실 무서울 게 없어. 아무것도 아니야. 바닥이야, 바닥. 그보다 쪼끔 높은 게 도 보위부."

"행정구역에 따라 나뉜다 이거지?"

"맞아. 걔넨 좀 대접을 해줘야 돼. 아주 무시하면 안 되고 그냥 유도리 있게."

"융통성 있게. 그보다 더 높은 건?"

"더 높은 건."

원 씨는 점점 우리와 가까워지는 맞은편의 남자와 최대한 눈을 마주치지 않으려 고개를 숙였다. 그리고 울먹이듯 말했다.

"국가 보위부."

"……?"

"쟤네는 그냥 이거야, 이거. 근드리면 큰일 나."

원 씨가 배꼽 언저리에 대고 소심하게 엄지를 세우며 속닥였다. 시선 처리는 불안했다. 학교 다닐 때 골목길을 가로막고 있는 동네 양아치 형들과 마주치는 기분을 나이 마흔 다 되어서도 느껴야 한다니. 그래도 그땐 고작 뺏기는 게 용산전자상가에 가서 사려던 게 임팩 값 만 원이 전부였는데, 지금은…

"그걸 왜 이제 말해?"

"이제 봤으니까 이제 말하지!"

"그렇게 세? 저 새끼가?"

"못 믿겠으면 맞짱 떠보든지! 쟤한테 우리 같은 건 그냥 어린애 팔 비트는 것보다 더 쉽다고. 그러니까 입 다물어. 그 눈깔이나 깔고 쫌!"

지금은 뺏길 게 너무 많다. 금괴, 그리고 목숨. 젠장할.

"근데 저 사람 왜 저래요?"

인지가 말했다. 그러고 보니 손에 들린 손전등이 어지러이 바닥을 휘갈겼다. 어찌 걸어오는 모양새도 이상했다. 느닷없이 어깨를 부딪친 가로수를 껴안고 혼자 겨루듯이 발을 걸고 난리를 치질 않나. 급기야 비틀비틀 갈지(之)자로 십 보 가까이 왔을 땐 놈에게서 술 냄새가 지독하게 풍겼다. 옳다구나! 취했구나! 놈은 맨정신이 아니다! 예상대로 놈은 우리를 봤는지 못 봤는지 그냥 지나치면서 노랫말을 흥얼댔다. 집 떠나와 열차를 탔는데 훈련소에 가서 부모님께 큰절을 했네 어쨌네 하면서.

우리 사이에서 동시에 안도의 한숨이 흘러나왔다.

그런데 그때,

"야…"

놈이 우리를 불러 세우는 소리에 눈을 질끈 감았다. 그냥 좀 보내 주지. 제기랄. 놈은 슬슬 뒷걸음질치더니 내 턱밑으로 얼굴을 내밀 며 다시 물었다.

"오데 가?"

주머니에 한 손을 삐딱하게 찔러 넣은 놈은 가까이서 보니 많아 야 스물 일고여덟쯤 되어 보였다. 얼굴이 까맣게 타고 양 볼이 움 푹 들어간 그런 군인이 아니다. 비교적 피부도 하얗고, 키도 176센 티미터로 북한 남자치고 크다. 잘 먹어서 발육이 좋단 거지. 이런 경 우, 엘리트의 자식이란 뜻이다. 당연히 직급도 있을 테고. 이거 제대 로 걸렸다.

"와 대답을 안 해? 오데 가냐구?"

이 난관을 어떻게 타개해야 할지 말없이 눈짓만 주고받는데, 놈이 혀를 차며 말했다.

"안 되갔다. 니들. 손 들어."

"…?"

"검문 좀 해야갔는데. 아, 손 들어!"

물론 털려봤자 이렇다 할 껀덕지가 없는 관계로 차라리 다행이다 싶었다. 우린 갈 길이 멀다. 한시가 급하니 놈이 원하는 대로 해주 자. 취하긴 했어도 보위원이니까.

놈은 나와 원 씨를 차례로 털더니, 그다음 애꾸의 엉덩이를 향해 발로 한 대 걷어찼다.

"이 거지 새끼 이거. 너 어데 사는 새끼야?! 평양엔 어떻게 들어왔서?"

그다음 인지였다. 인지의 점퍼에서 무언가를 꺼냈다. 명함처럼 보이는 작은 종이.

'충북오리고기'

순간 우리의 얼굴이 금세 하얗게 질렸다. 그러나 다행히도 놈은 게슴츠레한 눈으로 명함을 보는 둥 마는 둥 하더니, 한 손으로 꾸겨 버리고는 그대로 제 갈 길을 갔다.

"휴…"

우리 사이에서 동시에 안도의 한숨이 흘러나왔다. 그리고 그때,

"악!!!"

갑자기 벌어진 일이었다. 놈은 돌아가는 척하면서 인지의 머리채를 잡은 것이다.

"낄낄낄! 이 에미나이 이거 우리 인민치군 요 머리파장이 곱슬곱슬한거이 예사롭디 않았어. 바른대루 말하라! 니들 남쪽에서 왔디?"

그러더니 손아귀에 둘둘 휘감아 당기자 인지가 놈의 손에서 옴짝달싹도 못하는 상황이 왔다.

"이 개새끼가!"

눈이 뒤집힌 내가 놈의 멱살을 잡았다. 얼굴이 파랗게 질린 원 씨가 내 손 잡고 애걸하듯 매달렸지만 이미 엎질러진 물이다.

"이야, 이것들 봐라? 안 놔?"

"대가리에 피도 안 마른 새끼야. 네 손부터 풀어. 풀어!"

"낄낄낄! 이것덜 이거, 보자 보자 하니까 뎡말 남조선 아새끼들이라두 되나? 와 말투가 그따우야?"

놀란 원 씨가 숨을 들이마시면서 아랫입술을 떨었다. 인지는 그 와중에도 뭘 잘못했는지 자꾸 손을 싹싹 빌고, 애꾸는 놈의 다리에 매달렸지만 결국 나가떨어지고 말았다.

놈은 인지를 놓아줄 생각이 없었다. 어디서 누구한테 배워먹었는지 몰라도 술버릇 한번 참 고약하다. 순경으로 임용된 초반에 야간 순찰을 돌면서 이런 주폭들 때문에 고생 참 많이 했다. 이런 놈들은 그저 알코올 치료병원의 배만 불려줄 뿐이다. 병원에선 약물치료가 최선이라고 하지만, 개코다. 약 중의 약은 몽둥이다.

"원 씨. 압록강 뷰 아파트. 나중에 얼마까지 오를 거라고 했지?"

"응? 그, 그게 무슨 소리야?"

"얼마까지 오를 것 같냐고?"

"이십억?"

"내가 그거 꼭 사게 해줄게. 이 새끼 잡아."

원 씨가 놈을 뒤에서 끌어안자, 바로 명치 아래쯤에 주먹을 세게 꽂아 넣었다. 동시에 윽! 하고 놈이 쓰러졌다. 하지만 그 정도에 쓰러지면 엘리트 보위원이 아니지. 놈은 취중에도 젊은 체력으로 다시 자리에서 일어났다.

"히야- 함 해 보자 이거지?"

그러더니 마이 단추를 거칠게 뜯더니 벗어 던졌다. 그리고 속옷도 마저 훌러덩 벗어던지자 잘 단련된 상체가 드러났다. 역시 젊음이 좋네. 놈은 비틀거리면서도 허공에 주먹질을 했는데, 사실 빗나가서 그렇지 맨정신으로 싸웠더라면 부하들 여럿 잡았을 만큼 위력이 센 놈이다.

숙!

숙!

"카악- 퉤! 덤비라!"

제대로 걸렸다. 이번에야말로 순순히 벗어나긴 다 틀렸다 싶은 그 때, 어디선가 벨 소리가 울렸다.

따르르르릉…!

따르르르릉…!

허공을 가르는 날카로운 소리에 정신이 번쩍 들었다. 전화 소리??

"저, 전화!"

원 씨가 소리쳤다. 소리의 근원지는 놈이 땅에 내팽개친 제복 마이. 쥐 죽은 듯이 고요한 밤거리에 어울리지 않는 공포스러운 소리였다. 하지만 놈에게만큼은 절호의 기회일 테지. 그렇게 눈치 게임이 시작됐다.

따르르릉…!!

　우리가 잠시 머뭇거리던 그때, 놈이 먼저 몸을 던졌다. 반사적으로 나 역시 몸이 앞으로 튕겨 나갔는데, 그러다 쿵! 하고 서로 이마를 부딪치고 말았다.

　"악!"

　"악!! 이 돌대가리 새끼!"

　엉덩방아를 찧듯 동시에 나자빠진 우리 사이에 제복 마이가 있었다. 정 중앙은 아니고 굳이 따지자면 놈에게 조금 더 가까운 위치. 하지만 어찌나 짱돌만큼 단단하던지 골이 다 울리는데, 그 틈을 타서 이번에도 놈이 먼저 손을 뻗는 게 아닌가? 손끝에 마이가 닿을락 말락 했다. 손끝을 조금만 뻗으면 어떻게 될 것 같은 그때, 애꾸가 잽싸게 낚아 주웠다. 보위원이 소리를 질렀다.

　"야이, 거지새끼야!"

　"볼 일 있음 나중에 찾아오십쇼! 이래봬도 나도 수도에 삽네. 하수도! 퉤!"

　그러면서 자기가 당한 대로 놈의 엉덩이를 푹, 하고 밟고 지나가자 이때다 하고 원 씨와 인지가 나란히 놈의 양발을 끌었다.

　"오, 애꾸!"

　엄지를 척하니 치켜세우며 자리에서 일어난 나는 얼른 놈의 마이 주머니를 뒤졌다. 역시 스마트 폰 하나가 나왔다. 카메라 렌즈가 두 개나 달린 브랜드 '삼태성8'. 화면 액정에는 '반탐처장 동지'라고 발신자명이 떠올랐다. 소름끼치는 벨소리는 갈수록 신경질적으로 울렸다.

따르르릉…!

"반탐처 동지라는데? 원 씨?"

"뭐?!!"

"왜 그렇게 놀래? 뭐 하는 덴데?"

"북한에 불법 체류하는 외국인들 잡아 족치는 곳."

순간 정신이 아득한 가운데, '**끌기하여 응답**'이라는 하단의 문구가 어지러이 물결치며 우리를 재촉했다.

"이 새끼 반탐부에서 일하나 봐. 제기랄, 끝났네!"

"아직 안 끝났어! 야, 애꾸!"

"예!"

"여기서 우리 도착지까지 멀어?"

"다 왔습다."

나는 과감하게 스마트 폰을 바닥에 내던진 다음 신발 뒤축으로 찍어 눌렀다.

콱!

콱!

강가의 얼음이 쩍쩍 갈라지듯이 박살 난 액정화면. 화면이 까맣게 꺼지자 그것을 본 보위원 놈은 충격을 받아서 그런 건지 취해서 그런 건지 그대로 졸도해 버렸다. 미친놈, 누가 보면 세상 다 잃은 줄 알겠네.

"형씨 미쳤어?! 근드리지 말라니까!"

"잘 들어. 원 씨. 나는 꼭 물건을 가져갈 거야. 무슨 일이 있어도. 방해하는 것들은 다 가만 안 둬."

그리고 애꾸에게 손을 뻗었다. 애꾸가 내 손을 뿌리치지 않는다면, 그것만으로도 한 걸음 가까워지는 데 성공한 셈이다.

"……"

애꾸는 잠시 머뭇거리더니 득의의 미소를 지으며 내 손을 덥석 잡았다. 추위에 꽁꽁 얼어 있었지만 생각보다 작은 고사리 같은 손이었다. 여느 아이들처럼.

이제 우린 무적의 원 팀이다.

* * *

졸도한 놈과 실랑이를 벌이고 나니 새벽 1시.

그만큼 시간 지체한 것을 생각하면 몇 대 더 패주고 싶었지만, 기절해서 무방비 상태에 놓여있는 사람을 상대로 폭력을 휘두르는 건 비겁한 짓이니까. 하지만 정신이 돌아오면 우리를 찾으려고 혈안이 될 것이다. 그러니 그 전에 얼른 물건을 찾아서 평양을 벗어나야 한다. 반드시.

정말이지 여기까지 오기까지 얼마나 숱한 고비가 있었는지 모른다. 그럼에도 잘 이겨낼 수 있었던 건 틀림없이 하늘에 계신 할머니께서 우릴 돌봐 주시고 계시기 때문일 것이다.

"금괴 찾아오너라, 금괴. 나야 죽음 고만이지만서도

그것이 다아 니들 것이다."

지금 찾으러 갑니다, 할머니. 코앞까지 왔어요. 신양리 4통 7반이라면서요. 지금 코앞에 있다고요! 바로 여기…

그.런.데.

"이게 뭐야…??"

순간 내 눈을 의심했다. 저긴 아니겠지, 아니겠지 했는데 애꾸와 원 씨의 걷는 속도가 차츰 느려지더니 그 앞에 우뚝 멈춰 섰다. 커다란 공터. 거기에 나붙은 큰 현수막에는 궁서체로 이렇게 갈겨 쓰여 있었다.

속도전 청년 돌격대 제3 려단

모란봉 과학 제1중학교를 건설하여 과학강국 쳐달리자!

학교 건설 현장이라고? 거짓말처럼 모두 말을 잃었다. 난 내심 뭘 기대한 걸까? 쇠락한 그 시절 김씨 집안의 기와 파편이라도 나올 줄 알았나? 아니면 모양 반듯하게 기름진 대지? 하지만 그것이 무엇이든 간에 적어도 이건 아니다. 인부들이 모두 퇴근하고 없는 황량한 공사 현장에는 군데군데 흙과 벽돌이 담긴 마대 자루가 아무렇게나 나뒹굴어 있었다. 마치 금괴를 주고 싶어도 줄 수 없게 되어 유감이라는 모습으로. 왜? 이미 파헤쳐졌으니까. 이 납득하기 어려운 풍경에 내가 허둥대는 목소리로 물었다.

"원 씨 이게 어떻게 된 거야?!"

"부, 분명 얼마 전까지만 해도 여기 공터였는데…!"

"그러니까 공터가 왜 이 지경이 됐냐고! 설명을 좀 해 봐!"

"아, 나도 몰라! 당이 결심하면 하는 거지, 어제 다르고 오늘 다른 걸 내가 어떻게 일일이 아냐?"

"돌겠네. 야, 저기…! 저기 뭐야!"

뭔가 말하고 싶은데 입만 달싹일 뿐 영 생각이 안 났다, 짜증 나게.

"애꾸!"

"예!"

"너! 어떻게 된 거야, 임마? 너 알았어, 몰랐어?"

"이기… 저두 잘… 이걸 어쩜까?"

"내가 묻고 싶은 말이야!"

"잠깐…!"

인지가 검지로 쉿, 하는 제스처를 취하며 말했다.

"오빠. 이건 하늘이 주신 선물이야!"

"우리가 수능 보냐? 엿을 주게?"

"아니, 자세히 좀 봐봐. 말이 공사 현장이지 아직 지하도 안 판 것 같은데? 우리가 할 일을 대신 해 준 거 아냐? 그만큼 시간을 아낄 수 있는 거잖아?"

그때, 원 씨가 인지의 말에 맞장구를 치고 나섰다.

"누이 말이 맞아. 게다가 속도전이다 보니 작업도 설렁설렁 해놨을 거야."

"설렁설렁?"

"그래. 위에서 완공날짜 딱 찍어놓고 그때까지 안 하면 다 모가지니까 대강 빨리 해치우느라고 기초공사도 꼼꼼하게 안 했을 거라고. 그리고 설령 누구 하나 그걸 찾기라도 했어 봐. 그게 다 얼만데? 한두 푼짜리야? 벌써 평양 바닥에 소문 쫙 났지."

"아직까지 잠잠한 걸로 봐서 내 물건은 무사하다?"

생각해보니 일리 있는 말이다. 마음이 조금 누그러졌다.

"당연하지. 게다가 전문 노가다꾼들이 하는 줄 알아? 대충 인민군 두세 개 여단 데려다가 시키고 있잖아. 안 그래? 애꾸?"

"예, 맞습다!"

나는 바닥을 천천히 둘러보았다. 인부, 아니 군인들이 퇴근하면서 두고 간 낫자루, 함마 따위가 곳곳에 널려 있었다.

"파자."

9장
신과 인간

조국해방전쟁6·25전쟁 기록영화에 김일성 수령님과 나란히 나올 만큼 할아버지는 존경받아 마땅한 분이고, 또 그 덕에 호의호식을 누리면서도 손향은 할아버지가 어쩐지 무섭기만 했다. 며느리 사랑 시아바지라는데 어떻게 된 게 엄마를 눈물 쏙 빠지게 시집살이 시키는 것도 그렇고, 무엇보다 다가갈 수 없을 만큼 어떤 냉기와 분노가 흘렀기 때문이다. 때론 꺼림칙하기도 했다. 툭 하면 카아악 퉤- 카아악 퉤- 목 깊은 곳에서 그륵그륵 거리는 가래 소리도 듣기 싫었고, 매 끼니 때마다 꿀떡꿀떡 경박스럽게 술 넘기는 소리도 듣기 싫었다. 한 상에서 밥을 먹는다는 건 그래서 곤욕에 가까웠다.

하지만 부인할 수 없는 건 할아버지는 집안에서만큼은 왕이고, 당신을 어떻게 생각하든 간에 하나뿐인 손주인 손향을 (나름의 방식으로) 몹시 아꼈다는 사실이다. 처음엔 아들을 낳지 못한다며 엄마를 걸핏하면 구박했지만(때론 밥상도 엎으셨다. 남들 다 있는 손자가 왜 당신만 없냐며) 시간이 흐르면서 체념하신 것 같았다. 언제부턴가 손향에게 당신께서 살아오신 투쟁의 력사와 집안 대소사에 대해서 미주알고주알 들려주는 것을 늘그막의 도락으로 여기신 걸 보면.

그래서 누구보다 잘 안다. 할아버지는 남조선은 물론이고 조국 그 어디에도 가족이 없다는 것을.

평안남도 태생의 할아버지는 젊은 시절, 어느 지주의 집에서 외거노비로 살던 부모를 등지고 집을 나오셨다고 했다. 상전의 말이라면 그저 고개를 조아리고, 상전이 손을 뻗으면 제 자식도 갖다 바칠 준비가 되어 있는 부모는 안타깝게도 계몽의 시대에 계몽되지 못한 사람들이라고 했다. 할아버지는, 그러니까 청년 리삼태는 새로운 세상을 염원했다. 모두가 평등한 세상, 지주가 아닌 농민이 땅을 갖는 세상, 그리고 억압받는 자가 혁명을 통해 자유를 얻는 세상.

"자유가 뭔 줄 아느냐?"

한가롭던 어느 날. 진지에 약까지 모두 잡수신 할아버지가 어린 손향을 무릎에 앉혀두고 물었다. 어차피 자문자답일 걸 알기에 손향은 할아버지의 얼굴을 그저 물끄러미 보았다. 그저 까칠까칠한 수염을 제발 자신의 뺨에 부벼대지만 않았으면 하는 바람뿐이었다.

할아버지가 말하는 자유란 거창한 게 아니다. 가령 이런 것이다. 왕이라는 헛된 우상을 섬기지 않을 권리, 상전의 명을 거역했다는 리유만으로 두들겨 맞지 않을 권리, 부모가 노비라는 리유로 자식까지 노비가 되지 않을 권리, 생사여탈권을 그 누구도 아닌 자신이 가질 권리.

"알갔지?"

"예에…"

그러면 거기서 끝이 나는 게 아니라, 뒷이야기를 꼭 덧붙이셨다. 살아온 력사에 대하여 말이다. 물론 아바지와 엄만 할아버지가 옛날 이야기만 꺼내면 질색팔색을 하였다. 이제 남부럽지 않게 잘 사는데 뭣하러 손녀에게 쓸데없는 이야기를 들려주냐는 것이다. 거기엔 항상 지주, 머슴과 같은 봉건시대의 단어들이 튀어나왔으니까. 달갑지 않게도 할아버지는 그 후자였으니까. 아무튼 이야기는 다음과 같다.

한때 모시던 지주의 집안에 무슨 일이 있을 때마다 할아버지의 부모님은 일손을 자처하셨다. 그 꼴이 보기 싫어 하루는 할아버지가 대신 물지게를 이고 그 집을 드나들었는데 충격적인 장면을 목격했다. 지주 영감이 할아버지의 누이를 희롱하고 있더라는 것이다.

"기생 아무개년은 궁둥짝이 쩌 웃녘에 만주 벌판만하드라 아주. 니년은 얼마나 큰지 보자."

하며 치마 속으로 냅다 손을 넣고 주무르자, 소스라치게 놀란 누이가 도망을 치다가 그만 마당 수도에 부딪히고 만 것이다. 머리에서 피가 났다. 울상이 된 누이를 보며 지주는 그저 우습강스럽다_{우스꽝스럽다}며 장죽을 빡빡 피우며 말했다.

"그년에 비하면 니년 것은 쪽박이다. 껄껄."

할아버지는 그 길로 마을을 떠났다. 녀식_{여식}이 그런 취급을 받고도 분개하기는커녕 처신을 나무라며 머리채를 잡고 흔드는 부모에게 염증을 느껴서. 평등을 반역과 동의어로 여기는 그 무지함에 소름이 끼쳐서.

"자유는 말이다. 황금보다 귀한 거란다. 억만금을 준대도 바꾸지 않는 것, 그것이 곧 자유다. 내 몸을 내가 가질 권리. 그것이 자유 중의 가장 으뜸 아니갔니."

갈 곳이 없는 할아버지를 받아준 곳은 김일성 수령님께서 계신 항일 독립군. 그곳에서 할아버지는 투쟁 속에서 진리를 찾았다. 신분의 고하를 막론하고 조국을 위해 희생한 삶은 그것만으로도 가치가 있다는 것, 참된 평등과 혁명의 당위성, 그리고 인민 모두가 어떻게 해야 잘 사는지에 대해서도 깨우쳤다.

"만일 이 할아버지가 김일성 수령님을 만나지 못 했더라면 지금의 니 아버지 오마니두, 길구 손향이 너두 이 세상에 없는 거이야. 알갔지?"

"예에."

시간이 흘러 해방 이후 고향 마을에 돌아간 할아버지는 그저 부모님과 누이를 데리고 멀리 떠날 생각이었다. 그러나 하필이면 그날, 강제로 첩으로 삼으려는 지주 영감을 피해 누이가 자결했다는 소식을 듣고 큰 충격을 받았다. 연모하던 사람이 따로 있는데 늙은 악덕 지주의 네 번째 첩으로 들어가야 한다니! 누이는 수령이 오백 년이 넘은 느티나무에 목을 매었다고 한다.

할아버지는 그때의 감정이 고스란히 충전됐는지 불규칙한 숨을 내뱉으면서도 말을 계속했다. 그 순간이야말로 '혁명'을 일으켜야 할 때라고 믿었다는 것이다. 그 옛날 불란서 인민들이 그랬고, 중국의 구태 봉건에 맞선 홍수전이 그랬듯이. 그간 지주 놈에게 불평불만이 이만저만이 아닌 소작농들을 이끌고 그 집으로 쳐들어갔다. 그리고 지주 놈을 끌어다 누이가 목을 매었던 그 나무에 매달아 몽둥이, 돌멩이, 절굿공이 할 거 없이 손에 잡히는 대로 마구 때려죽였다. 곳간을 털어 마을 사람들에게 무상으로 나누어주기도 했다. 농민의 고혈로 쌓은 부정한 재물들이라면서.

손향이 때를 봐서 조심스레 물었다. 이야기를 듣는 내내 처음으로 던진 질문이었다.

"지주딥 사람들은 다 죽였어요?"

그럼, 할아바지는 그 대목에서 다소 눈빛이 풀어지더니 이번엔 무서우리만큼 침착해지곤 했다. 어떤 기억을 더듬듯 실눈을 떴다. 평소에 일부러 일본말을 쓰며 괴롭히던 지주의 아들들을 떠올리는 걸까? 아니면 살려달라고 구걸하던 마지막 모습? 눈깔사탕을 빨며 빨리 업어달라고 보채던 지주의 딸? 그것도 아니면 뭘까? 하지만 무엇이든 할아바지는 단호했다.

"혁명에 동참했더라면 다들 죽지 않았을 거다. 반성은커녕 도리어 지 아빌 두둔했으니 그 꼴이 난 거지."

하지만 이상했다. 모두 죽였다고 하면서도 할아바지는 그 집안의 후손이 민들레 씨앗처럼 퍼져 어딘가에 살고 있을 거라고 확신하는 눈치였다. 하시는 말씀을 들어보면 그랬다. 할아바지는 틀림없이 그런 분이었다. 혁명의 위업을 달성하기 위해서는 돌진적이지만, 그럼에도 끝내 모질지 못하고 인정이 많은 분. 그나마 맥은 이어갈 수 있도록 누군가 **한 명**은 살려주신 게 분명하다. 그 한 명이 누구였을까? 어디에 사는 누구일까? 그분의 손자 손녀도 조국 어딘가에 살고 있을까? 혹시 할아버지를 원망하지는 않을까?

문득 눈물이 났다. 할아버지는 그토록 일평생 일신의 안녕이 아닌 조국을 위해 살아왔는데, 지도자 동지 삼대를 결사옹위하는데 청춘을 바쳤는데, 어째서 혁명렬사릉에서 파헤쳐져야 하는 걸까? 어째서 억울하게 부관참시를 당해야 하는 걸까? 할머니는 또 무슨 죄고?

처음엔 '남조선으로부터 당했다'고 밖에 여겨지지 않았다. 곱게 한복을 떨쳐입고 남조선에서 기껏 공연을 한 대가가 노망난 남조선 늙은이들의 오해 따위라니. 그 오해가 불러일으킨 지금 이 꼴을 보란 말이다!

그러나 원망의 화살이 남조선에서 어머니 조국으로 옮겨진 건 금방이었다. 평양은 감히 들어가지도 못하고 평성 어디께에서 몰래 전화를 걸던 어느 날이었다. 상대는 한때 악단에서 나란히 무대에 섰던 동료이자 지금은 당의 으뜸가는 일꾼인 용주 동무. 마음 같아선 윤미 동무에게 하고 싶지만, 이미 그이는 어딘가로 끌려간 다음이니까.

- 용주 동무.

- 누굼네까?

- 점다, 리손향…

- …! (숨을 들이 마시는 소리)

- 제발 끊지 마십쇼!

- 용건만 말하라.

- 예…

- 날래 말하래두!

- 용주 동무! 저… 믿어주시라요. 우리 할아바지가 피붙이 하나 없이 혈혈단신으루 살아온 건 동무도 잘 아시지 않습네까?

- … (한숨 소리)

- 기칸데 어째 남조선에 친인척이 있을 수 있갔습네까? 것두 모자라 미국에 누가 있다구요? 말도 안 되는 오해구 터무니없는 모략임다. 사람 잘못 본거라구요! 그게 진짜라믄 내래 이래 억울하지도 않지요!

- 나두 참 난감한 게 한둘이 아니라구.

- 노망난 늙은이들이 오해를 한 거예요, 오해!

- 기래. 실은 우리 단원들 다 길케 생각해. 안 됐지만…

- 절 믿어주시는 거지요? 한분만 부탁하갔슴다. 우에 잘 좀 말해주시라요, 예?! 우리 오마닌 교화소에…

- 안 돼!

- 와요? 와 안 된단 거예요?

- 길타면 김정은 동지께서 틀렸다는 걸 천명이라도 하란 말인가?

- 예…?

- 인제 와서 김정은 동지께서 오해해서 잘못했다구, 빌기라도 하냐, 이 말이야.

- ……

- 기러게 평소에 처신 좀 잘하디 그랬어? 사실 여부를 떠나서 괜히 말밥구설수에 오른 건 동무 탓두 있어. 동무의 과오를 반성할 생각은 안쿠 이머하는 짓이람?

이 무슨 개소리인가? 대체 무슨 과오를 반성하라는 말인가? 굳건한 교육을 받은 용주 동무는 계속해서 같은 말만 되풀이했다. 과오를 반성하라고.

- 용주 동무…

- 안 됐지만, 이 전화는 안 받은걸루 할게. 다신 전화하지 말라.

전화가 매몰차게 끊긴 다음에도 손향은 오랫동안 수화기를 손에서 놓지 못했다. 발 딛고 살아가는 이 땅의 지각이 차츰 벌어지기 시작했다. 거기서 신념의 빈틈이 비로소 보였다.

왜 그동안 몰랐나? 김정은, 그는 우리 인민의 신이었다는 것을. 신은 틀리는 법이 없다. 설령 신께서 실수가 있다 하더라도 신을 탓해선 안 된다. 그것은 어디까지나 완전치 못한 우리 인간의 몫이니까.

솨아아-

투두둑, 하고 내리던 비가 금세 억수같이 쏟아져 내렸다. 손향은 제 발등을 두드리는 그 '몫'을 잠자코 들여다보았다. 바닥을 딛고 튀어 오르는 수백, 수천 개의 공격적인 비방울을.

10장
외양간 옆

삼십 분째 미친 듯이 파도 물건은 나오지 않았다. 젠장 맞을, 포크레인 육따블(6W) 짜리 하나 끌고 와서 퍽퍽 파재끼면 게임 끝인데, 사람 손으로 일일이 하자니 진척이 있을 리가 있나?

허리를 세우고 잠시 숨을 고른 뒤에 다시 작업에 착수했다. 이마에서 턱 밑으로 구슬땀이 우박 떨어지듯이 투두둑 떨어지고 움직일 때마다 겨드랑이에서 후텁지근한 훈기가 나왔다.

한편으론 헛웃음이 났다. 이 늦은 새벽, 평양 도심 한가운데에서 서울 사람 둘이 삽질을 한다? 옛 조상의 금괴를 찾겠다고? 누가 믿을까? 당장 112에 자수해도 아무도 안 잡아갈 걸?

그렇게 또 삼십 분이 흘렀다. 갑자기 굵은 빗줄기가 쏟아져 내리더니 하늘이 울렸다. 천둥이다. 번! 쩍! 할 때마다 비에 젖은 얼굴들이 하나같이 파랗게 번뜩였다.

'생각을 해보자… 외양간 옆이라고 했다, 분명.'

당최 외양간이 어디냐고. 이미 구옥이 허물어지고 칠십 년이 지난 대지다. 예전에 TV에서 방영해준 다큐 프로그램이 떠올랐다. 우리 전통 한옥에 대한 설명이었는데, 조선 팔도에 널리고 널린 한옥은 지방마다 그 구조가 다르다고 한다. 기후가 다르니까. 평안도는 추운 북쪽이다. 그래서 바람을 잘 막을 수 있도록 미음(ㅁ)자 구조로 이루어져 있으며 마루가 없고, 외양간이 실내에 있다고 했다. 엥…? 하지만 아닌 걸? 할머니는 분명히 소변이 마려워 새벽에 일어나 밖으로 나갔을 때, 외양간 옆에 금괴를 묻던 증조부의 모습을 봤다고 하셨다. 그래, 예외는 있다. 할머니네 집은 소문난 부잣집이었으니까 기와집의 규모도 여느 집과 달랐을 것이다. 제길, 어쩐다?

무릎과 골반이 부러질 것처럼 뻐근한 나머지 망치를 집어던지고 털썩 앉았다. 금괴 찾기도 전에 골병 나서 죽겠네.

?!!

근데 뭔가 이상했다. 딱딱한 무언가가 꼬리뼈에 부딪혔다. 얼른 일어나 문제의 자리를 망치로 내리쳤다. 아까와는 조금 다른 진동이 손으로 전해졌다. 다시 한번 내리쳤다. 이번엔 좀 더 세게. 그러자 이질적인 그 진동은 공중에 하나의 파동을 만들어냈다.

'뭔가 있다.'

주위를 빠르게 살폈다. 원 씨는 전혀 반대 방향을 신나게 삽질하고 있었고, 애꾸는 시킨 대로 멀찌감치 떨어져 망을 보고 있는 중이다.

해당 지점을 천천히 파기 시작했다. 삽으로도 안 되니 나중엔 빠루를 주워 지렛대 원리로 '그것'에 힘을 가했다.

'이게 뭐지…?'

겨우 모습을 드러낸 '그것'. 하지만 금방 실망한 건 아무렇게나 쑤셔 넣은 듯한 낡은 장비함 따위로 보였기 때문이다. 손으로 슥슥 그 위의 흙을 털어내었다. 그런데 흙의 색깔이 여느 흙과 달랐다. 달빛에 선명하게, 더 확연하게 드러났다. 불그스름한 진흙이었다.

> "니 증조부가 짱짱한 고무로 된 가방에다가
> 금덩이를 이만큼 쑤셔 넣고는
> 그 위에다 시뻘건 황토 흙을 척하니 얹더라고.
> 딴딴하게 묻을라 그랬나 어쨌나."

팔뚝으로 눈을 박박 문질렀다. 그리고 최대한 뚫어지게 쏘아보았다. 시뻘건, 황토다…! 분명 할머니가 말씀하신 그 황토다! 게다가 가방은 다소 삭기는 했어도 질기고 탄력성이 있는 고무다. 확실하다. 순간 소름이 돋았다. 진정하고 다시 주변을 둘러보았다. 다들 저마다의 위치에서 집중하느라 내 쪽의 상황을 전혀 눈치채지 못하고 있었다. 이미 녹이 슨 버클을 한 손에 쥐고 천천히 위로 당겼다. 온몸의 신경이 손끝에 쏠렸다. 그리고

번! 쩍!

나는 보았다…!

번갯불에 비친 그것을…!

'찾았다…!!!'

금!

금이다!!!

할렐루야!!!

와!!! 정말로 있었어!!! 정말로 금덩어리가 여기에 있었다고!!!

얼른 버클을 잠갔지만 좌심방과 우심방이 미친 듯이 펌프질하는 바람에 기절하기 직전이었다. 동시에 황홀함으로 호흡곤란마저 왔다.

"흐으… 흐흐응…"

내 입에서 어떤 이상한 소리마저 새어 나왔다. 이게 다 얼마지? 내가 애초에 생각했던 무게, 그래서 예상했던 금액을 훨씬 초과했다. 그렇다고 그 순간 계산수식이나 미래계획을 떠올린 것이 아니다. 오로지 이곳을 벗어나야 한다는 것, 어떻게든지 안전하게 들고 튀어야 한다는 생각뿐이었으니까. 그래서일까? 갑작스레 손아귀에 쥐가 난 것처럼 근육통마저 느껴졌다.

"오빠…"

그때, 인지가 모기만 한 소리로 내 허리와 등 사이께를 쿡 찌르는 바람에 하마터면 소리 지를 뻔했다. 눈치챈 것이다. 그리고 우리 남매는 어둠 속에서 손을 꽉 잡았다. 어석어석한 인지의 손은 온종일 추위에 떨고 흙을 파내느라 뼈 마디마디가 차갑게 굳어 있었다. 왠지 눈물이 났다. 그래서 더욱 힘주어 잡았다. 말하지 않아도 인지는 내가 무슨 말을 하고 싶은 건지, 지금 어떤 심정인지 알아차렸으리라.

'이제 다 끝났어, 인지야.'

'오빠 정말 금 들어있어? 다 얼마야? 얼마 같아? 백···억 돼?'

'더 많은 것 같아.'

'뭐?!! 그게 사실이야? 오, 오빠··· 우리 이제 대박이야! 대박이라고!'

'그래. 어떻게든 여기를 벗어나야 해!'

'오빠 조용히 해. 우리끼리만 알고 있자.'

나보다 똑똑했던 인지는 대학 졸업 후에 겪은 취업난으로 예전의 총기와 자신감을 잃은 채 지내왔다. 본래의 능력을 과소평가하는 작은 회사에 면접을 다니며 좌절을 밥 먹듯이 했고, 어쩌다 적성에 맞는 직무를 도맡는가 싶다가도 쥐꼬리만 한 월급으로 학자금 대출을 갚느라 미래는 암담했다. 술이 늘어난 것도, 전혀 영양가 없는 인터넷 커뮤니티를 도피처로 삼은 것도 다 그 때문이었다. 시집이나 갈 수 있을까- 요즘엔 남자들도 여자 재력 본다는데- 거기에 대고 코웃음 쳤던 나지만 그래도 명색이 오빠다. 어떻게 여동생이 안쓰럽지 않을 수가 있겠나?

하지만 이제 우리에겐 금괴가 있다. 소주가 아니라 파이퍼 하이직 유럽 여러 왕실 연회의 공식 지정 샴페인, 마리 앙투아네트도 즐겨 마심을 맛볼 일만 남았다.

인지야! 우리 이제 부자야! 할머니, 그래 고생만 하다 가신 우리 불쌍한 할머니. 봉분도 다듬고 석축 공사도 새로 해드려야지. 이게 다 할머니 덕분인데 멋있게 기와집 만들어 드려야지.

슬-쩍- 인지가 고무 가방 쪽으로 눈길을 던졌다. 그리고 역시 시선을 떼지 못했다. 나만 아는, 혈육만 아는 순진무구한 웃음이 입가에 비쳤다. 나도 덩달아 웃었다.

그런데 잠시 후, 그토록 황홀해하는 우리 남매 앞으로 어떤 긴 그림자가 그로테스크하게 드리웠다. 옆얼굴이 서늘했다. 사방은 언제부터였는지 고요해져 있었다. 누가 먼저랄 것 없이 비슷한 속도로 천천히 고개를 돌렸다.

거기에 원 씨가 우두커니 서 있었다. 그의 키가 이렇게 컸었나? 쏟아지는 비에 원 씨의 표정을 분간할 수 없지만, 이제껏 한 번도 보지 못한 눈빛임은 틀림없었다. 삐딱하게 선 그의 한 손엔 삽이, 우릴 향해 뻗은 한 손엔 총. 총이 들려 있었다.

"내놔."

도리어 내가 가방을 쥔 손에 힘을 가하자, 원 씨가 이번엔 인지를 향해 총을 겨누었다. 이제 보니 탐욕이란 탐욕은 모두 응축된 얼굴로,

"악!!!"

인지가 비명을 내지르며 바닥에 주저앉았다.

"원 씨, 왜 그래? 뭐 하자는 거야, 지금?"

"어쩌겠냐? 사는 게 다 이런데."

"돌았어? 총 치우고 얘기해. 삼 대 칠 지킨다니까? 부, 부족해? 그럼 몇 개 더 줄게. 됐지?"

"그러지 말고 이러는 건 어때? 네가 몇 개 들고 꺼져. 그럼 살려줄게."

"미친 새끼야! 지금 그걸 말이라고 해?!"

최악의 상황이 왔다. 왜 배신할 거라고 생각 못 했냐고? 우리 모

두 마찬가지로 '적진'에 들어가는 프로젝트였으니까. 그래서 적어도 '적진'에서 만큼은 합심할 거라고 믿었으니까, 그리고 놈에게 총이 있을 거라고 추호도 의심하지 않았으니까.

겁에 질린 인지가 두 손을 모은 채 바들바들 떨며 흐느꼈다. 원 씨는 우리에게 겁을 줄 생각인지 총을 발사하는 자세를 취하려 중심을 잡았다. 순간 우리의 입에서 각기 다른 외마디 탄성이 터져 나왔다.

악!!!

"내려 노라."

그 순간, 전혀 다른 목소리가 다그쳤다. 우리는 놀라 소리 나는 쪽으로 고개를 돌렸다. 여기서 '우리'는 나와 인지만을 말하는 게 아니다. 원 씨도 포함이다.

거기엔 지금쯤 망을 보고 있어야 할 애꾸가 서 있었다. 조금 높은 대지 위에 서서 우리 세 사람을 내려다보았다. 전혀 아이 같지 않은 얼굴로. 저돌적이지만 조금이나마 분명히 존재했던 천진하고 어눌한 가면을 벗어던지고.

사태에 대한 이해도가 조금 뒤처지는지, 원 씨는 눈을 끔뻑이며 방아쇠를 당겼다.

절그럭. 절그럭.

"!!!"

총알이 빠져 있었던 것이다! 그러자 낭패와 충격이 개차반으로 섞인 비율로 원 씨의 얼굴에 스쳤다.

"이 새끼가 지금 미쳤나? 총알 어디로 빼돌렸어?!"

방금 전까지 우릴 협박했던 원 씨는 상황이 역전되자 버럭 소릴 질렀다. 이미 우리가 아는 애꾸가 아닌데, 혼자만 모른 채.

"야, 애꾸! 이눔므시끼가…"

그러자 도미노가 쓰러지면서 굽이진 길이 펼쳐지듯이 녀석의 등 뒤에서 서서히 머리가 늘어났다. 하나, 둘, 셋, 넷, 다섯, 여섯… 도합 열한 명! 모두가 평양역에서 보던 그 '떠돌이 개'의 얼굴을 한 아이들이었다. 이제 알았다. 그 아이들은 실은 물리면 큰일 나는 성난 들개에 가깝다는 것을. 그중에는 애꾸보다 키도 큰 덩치들이 몇몇 보였다. 그럼에도 발언권이 애꾸의 전유물인 것처럼 입을 꾹 다물고 있는 걸 보면, 애꾸가 여기 대장 노릇을 하는 게 틀림없다. 꽃제비들은 하나둘 주변을 에워싸며 이쪽을 내려다보았다.

철컥.

우리의 시선이 동시에 애꾸의 손끝으로 향했다. 녀석의 손에도 총이 들려 있었다. 어째서? 어째서 총이 애꾸에게…? 분명히 지하철에서 애꾸는 훔친 총을 나에게 줬는데? 그리고 나는 그것을 허리춤에 찔러 넣었고. 황급하게 허리를 더듬자,

없다…!

언제 빼간 걸까? 어떻게 빼간 걸까?

문득 처음 원 씨가 꽃제비를 섭외하기로 했을 때 나눈 대화가 떠올랐다.

"질문 하나 더. 걔가 뭘 할 수 있는데?"

"형씨가 못 하는 건 다."

그리고 어제 평양역에서 만났던 처음.

"보기엔 이래두 아주그냥 잽싸, 치밀하구, 똘똘하구."

다리에 힘이 탁 풀렸다. 어느새 스산한 비바람에 소름이 돋았다. 곧 동이 틀 터,

"애, 애꾸! 그 총 내려놔. 응? 선물 안 받고 싶어?!"

"선물."

"그래, 선물. 로봇트 장난감. 아니다. 진짜 로봇트도 사줄 수 있어, 내가. 아, 아님 너 남한에 갈래? 탕수육도 매일 먹고, 두부도 먹고…"

인지가 미쳤냐는 듯이 쳐다봤지만 지금 이 순간이야말로 미치지 않고서야 벌어질 수 없는 상황이니까.

"나는 다 필요 없서."

"야, 야…"

철컥!

하고 탄창 돌아가는 소리가 들렸다. 제기랄! 저 총은 진짜다!

"이런 시발!!!"

에라, 모르겠다! 그 무거운 금괴 가방을 끌어안고 혼자 발버둥 치던 그때,

퍽!!!

하고 무언가에 머리를 세게 얻어맞았다. 눈물이 핑 돌았다. 그리고 바로 그 지점부터 나의 의식은 끊겼다. 만약 저세상에서 만난 누

군가가 내게 '이승에서 마지막으로 보고 들은 것이 무어냐'고 묻는다면… 붉은 주체탑 위로 번진 여명과 아침 기상을 알리는 장엄하면서 황량한 혁명 멜로디라고 답할 것이다.

북두칠성 저 멀리 별은 밝은데-
아버지 장군님은 어데 계실가-

11장
탈북

북두칠성 저 멀리 별은 밝은데-
아버지 장군님은 어데 계실가-

방랑의 세월을 보낸 지도 어언 5년이 흐른 어느 날 아침.
저 멀리서 '**어디에 계십니까, 그리운 장군님**' 노래가 울려 퍼졌다.
'꿈이었구나…!'
꿈에서도 딱 이 노래를 불렀다. 누가누가 더 눈에 띄게 잘 부르나
겨루며. 누가누가 더 충성심이 깊은지 겨루며.
사람들은 박수를 치며 그저 즐길 뿐이지만 사실 화려해 보이고
정다워 보이는 무대 뒤는 또 다른 전쟁터다. 기량 빼어난 동무들이
영문도 없이 사라지고, 누구 하나가 갑자기 독창을 하고, 괜한 이유
로 시기하고, 뜻 모를 노래를 부르며 눈물을 흘리는. 그러다 돌연 위
화감이 들었다. 언제부터 우리의 노래는 당의 앞잡이가 되었을까.

어째서 우리의 노래에는 '우리'가 없는가.

창문가에 불 밝은 최고사령부
장군님 계신 곳은 그 어데일가

어디에 있을까? 락원이든 불지옥이든 어딘가에 알아서 있겠지만, 낙인찍힌 성분 불량자의 손녀가 발 딛고 살만한 곳이라곤 이 조국 어디에도 없다. 그 사실을 깨닫는 데 자그마치 5년이 걸렸다. 쫓기고, 숨고, 풍찬노숙을 하면서.

당연한 얘기지만 예전 같지 않다. 피골이 상접한 데다 얼굴에는 버짐이라는 것이 폈고, 몸에선 언제나 좋지 않은 냄새가 났다. 또각구두를 신고 중국산 투피스를 입고 창광원 미용실에서 볶음머리를 하고, 향수를 뿌리던 손향은 어디에 갔을까? 누가 보면 웬 청제비하나가 흘러간 영광을 지겹게 되새기고 있으니 참 가여운 노릇이라여길 것이다. 혹시 뭐라도 얻어먹을까 싶어 역전에 기웃거렸던 날, 다들 손향을 그렇게 불렀다. 청제비라고. 어른 꽃제비를 가리키는 말이라는 것도 그때 알았다.

"아이씨! 청제비 에미나이가! 나이를 밑꾸녕으루 처먹었나?!"

장마당에서 아주마이들을 상대로 일명, 덮치개(덮쳐서 훔친 뒤에 달아나는 수법)를 일삼는 꽃제비들 중 하나가 그렇게 소리 질렀다. 그러면서 손향이 주워 담은 옥수수알갱이들을 거칠게 빼앗아 갔다.

"이건 우리 꺼야! 딴 데 가!"

자식뻘 되는 아이에게 밀쳐져 주저앉고 말았지만, 아픔보다 기가 찼다. 인간으로서의 존엄이, 자존심이 곤두박질치는 순간이었으니까. 손향은 자기도 모르게 그 처참한 상황에 질겁하며 줄행랑을 쳤다. 결국 그날은 굶어야 했다. 웅크리고 누우면 골반 뼈가 갈비에 붙는 것 같았다. 여름이면 모를까 추운 계절은 인간 목숨이 얼마나 질긴지 하늘이 시험이라도 하는 것 같았다.

얼마뒤 깊은 산 속의 토굴을 발견했다. 도토리가 많이 난다는 소문을 듣고 돌아다니다가 발견한 것이다. 그럭저럭 괜찮은 곳이었다. 인적이 드무니 몸을 숨기기에도 안성맞춤이었고, 흐르는 물가에 가서 얼굴과 목을 벅벅 닦으면 덜 초라해 보이는 효과도 있었으니까. 나중엔 풀도 뜯어 먹었다. 토끼풀이나 쑥은 그런대로 알아볼 만한데, 그 외는 이름 모를 풀들이었다.

그러다 잘못 뜯어 먹었는지 토사곽란이 나서 혼자 데굴데굴 굴렀다. 엄마- 엄마- 울부짖었지만 깊은 산중이라 들여다보는 이도 없으니 서러웠다. 장이 끊어질 듯한 고통에 그만 기절하고 말았다. 그대로 죽었으면 얼마나 좋았을까마는 불행하게도 다시 눈이 떠진 건 며칠이 지난 어느 날 오후였다.

"리손향, 리손향…"

하고 이름을 부르는 소리가 들렸다. 몸에 익은 경계와 방어에 자동반사적으로 눈이 번쩍 떠졌다. 잘못 들었나? 아니다. 손향을 부르는 소리가 아니라 무언가 손향을 두고 쑥덕거리는 소리다.

등골이 오싹하고 머리칼이 쭈뼛 섰다. 속으로 하나, 둘, 셋을 외치

고 도망치려고 벌떡 일어나는데,

"잡았다!"

"이야, 맞구나! 정말!"

웬 사십 대 사내 둘이 손향을 오도 가도 못 하게 양쪽에서 막고 와라 끌어안았다. 술 냄새가, 할아버지에게서 나던 입 냄새가, 지독한 담배 냄새가 뒤섞여 혐오스럽게 풍겼다. 벗어나기 위해 더욱 거세게 반항했다. 몸부림을 쳤다. 그러자, 그중 하나가 냅다 손향의 얼굴을 주먹으로 갈기더니 말했다.

"이 에미나이 이거, 발부터 끊어 노라. 도망 모다게. 낄낄."

엄마- 엄마- 하고 산이 떠나가라 울부짖었다. 그러거나 말거나 한 놈이 벨트를 푸르고 껄껄대는 그 순간,

억!

하고 숨을 들이마시더니 그대로 손향의 위로 고꾸라졌다. 소스라치게 놀란 손향이 비명을 지르며 남자를 밀쳤다. 그러자 눈앞엔 푸른 하늘을 등에 지고 있는 웬 늙은이 한 명이 보였다. 그는 자신의 빈손을 절박한 눈길로 들여다보았다. 그의 손에 있어야 할 칼이 쓰러진 남성의 등에 꽂힌 것이다. 나머지 한 놈이 이 일을 알리기 위해 뒷걸음질을 치다 벼랑에서 떨어졌다. 몇 초 후에 쿵! 하고 떨어지는 소리에 늙은이와 손향이 동시에 눈을 질끈 감았다.

"괜찮소?"

늙은이가 손을 건넸다. 얼이 반쯤 나가 대답도 못 하고 있는데.

"처녀 동무. 텔레비에서 나오는 그 동무 맞나?"

"……"

"긴데 어째 여기서 이런 험한 꼴을 당하시오?"

"……"

"원 참. 사연은 몰라도 안전원들이 오기 전에 얼른 도망가시오. 나도 살기 바빠 그만 가보리다."

하고 홀연히 사라졌다. 마을로 내려간 걸로 보아 주민일 터, 하지만 손향을 고발할 것 같지는 않았다.

그 일을 계기로 산중 생활을 접고 내려가기로 결심했다. 강을 건너기로. 어딜 가든 적어도 이 썩어빠진 북조선보다야 낫겠지, 하고.

문득 김정은을 다시 만나게 된다면 면전에 대고 이 말은 꼭 묻고 싶다. 그토록 천리혜안이 밝다면서 어째서 지 식솔이 품에서 도망치는 것은 내다보지 못했는가, 하고.

* * *

겨울. 평성 장마당.

소문에 의하면 그곳에는 조선 바닥은 손바닥에 놓고 훤히 들여다본다는 꽃제비 무리가 있었다. 우스운 소리지만 그 무리를 '모란봉'이라고 불렀다. '모란봉악단'에서 따온 것으로 어딜 가도 환영받지 못하는 자신들의 처량한 처지를 삐딱하게 표현한 것이다. 모란봉 꽃제비들에게도 나름 역사라는 것이 있다. 그 옛날, 김정일 때 결혼한 꽃제비들이 새끼를 쳐 지금의 구성원이 되었으니 거의 십 년 만에 세대교체가 이루어진 셈이다. 자기네들끼리 결혼을 해서 살기도 하고, 어떨 땐 애를 낳아 무리에 버리고 도망가는 일도 비일비재하다고. 그중에서도 지금까지 몇 년째 견고하게 대장 노릇을 하는 녀석이 하나 있는데 한쪽 눈이 없어 다들 '애꾸'라고 불렀다. 대장답게 당돌한 눈빛은 주눅 들고 경계 어린 다른 아이들과는 사뭇 달랐다.

"월경하게 도와 달라? 고운 누이 그러다 총 맞눈다."

애꾸를 중심으로 빙 둘러싼 꽃제비 아이들은 마치 중국 황제를 둘러싼 환관처럼 보였다.

"까불지 말구 알려나 조."

"맨 입으루? 난 모 꽁으로 하나? 딸라 없서?"

"기딴 게 있갔니?"

"에이…"

"와? 노래라도 하나 불려주랴?"

손향은 스스로 내뱉고도 후회와 자기경멸에 몸을 떨었다. 어쩌다 이렇게 됐나? 한때 김 씨들 앞에서나 노래를 부르던 자신이 막냇동생뻘 되는 어린 새끼에게 거지 동냥을 하고 있다니. 비로소 깨달았다. 수년간의 방랑을 하면서 내려놓는다고 내려놓았는데 단 한 순간도 내려놓은 적이 없다는 걸. 여전히 최고의 가수라는 정체성과 간부 집 딸이라는 도도함이 마음속에 단단하게 똬리를 틀고 있다는 걸.

그러나 수치와 경멸의 회오리가 얼마나 몰아치든가 말든가 애꾸는 평온한 얼굴로 코를 후비며 대답했다.

"허리춤에 찬 거이 먼데? 함 내놔봐."

눈은 하나밖에 없는 게 보기는 잘 본다. 결국 녀석에게 강냉이 한 줌을 빼앗기다시피 바치고 얻은 정보는 이러했다. 덕천역에 가면 한 달에 한 번씩 도강_{강을 건너다}시켜주는 브로커가 온다는 것이다.

"기래서? 정말 중국으로 건너보내 주는 거이야? 바루?"

"응. 긴데 누이는 돈을 좀 더 줘야 될 걸."

"와?"

"다른 처녀 동무들은 회령 아님 혜산이 많은데. 누이는 평양노랭 이_{평양 특권층을 비꼬아 부르는 호칭}니까."

"내 평양 사람인지 아인지 오또케 아니?"

"말투가 야들야들하잖애!"

그러자 다들 맞장구를 쳤다. 용모도 조선중앙텔레비죤에 나오는 사람 같다고.

"기래서? 게 먼 상관인데?"

"먼 상관이긴. 중국 사람들이 평양 에미나일 좋아라 하니까. 브로커두 값을 더 받을란거지."

"간나 새끼, 말버릇하고는. 누가 중국놈한테 시딥 간다니? 난 기딴 생각 없서!"

그동안 길바닥 생활을 하며 익힌 우악스러운 면모를 드러낼 요량으로 험한 표정을 지어 보였지만 애꾸는 그 정도야 무섭지도 않다는 듯이 말했다. 자칫 잘못하면 팔려갈 수도 있다고. 옛날에는 평양 여자고 함흥 여자고 그냥 팔면 다 사갔는데, 요즘에는 한족 놈들도 눈이 높아져서 이왕 자기네 집 대 이어줄 여자라면 많이 배우고 인물도 곱상한 여자를 선호한다는 것이다. 건너건너 아는 인물 고운 평양 에미나이도 돈 많이 벌 줄 알고 중국으로 갔는데, 막상 가니 장가 못간 늙은 한족 놈의 오밤중 깔개 노릇만 하더니 애 낳다가 죽었단다. 그것도 열여섯 살에. 그 이야기를 듣고 손향은 몸서리를 쳤다. 더러운 놈들.

"기럼 누가 도강하니? 안 하고 말지, 퉤. 내놔, 내 강냉이!"

"잠깐만! 진짜 팔려 가는 건 아니구. 방법이 있어. 그 중국 놈을 속여먹음 돼. 브로커랑 짜구서."

"브로커랑 짜구? 거꾸로 속인다구?"

"응!"

선례도 있단다. 한 녀성 동무는 소학교에서 교원 노릇을 하던 자린데 처녀라는 이유까지 보태어져 1만 위안에 팔려 갔다는 것. 하지만 첫날 밤에 브로커에게 중국 놈의 돈까지 훔쳐다 바치니 남조선으로 순순히 보내줬다는 것이다. 인신매매를 당하는 게 아니라 거꾸로 인신매매하려는 상대를 속인다? 잘 생각해 보면 유일한 생존 출구가 될 수도 있을 것 같았다. 브로커만 잘 구워삶는다면(몫을 많이 떼어주면) 험한 꼴은 피할 수 있을 것이다.

사람을 사고판다는 것은 하나의 괴담처럼 풍문으로 들었을 뿐이다. 하지만 지금 그 풍문이 손향의 코앞에 불고 있다. 바람의 등불이 된 것처럼 고독하고 무섭지만, 때론 그 바람에 올라타는 것도 답이 될 수 있다.

"좋아. 어데니? 알려조."

"긴데 잡히문 죽을 수두 있어."

"아니? 난 꼭 살 거야. 두고 보라."

손향이 야무지게 신발 끈을 고쳐 매며 대답했다. 그리고 막 등을 돌리려다 말고 문득 무언가 떠올랐다. 이걸 물어야 되나 말아야 되나 싶었지만, 그 닮을 대로 닮은 막돼먹은 눈빛을 보자 거리낌이 사라졌다.

"니 혹시 증산 교화소라고 들어는 봤니?"

"알지."

"머하는덴데?"

"누이는 몰라?"

"모루니까 묻지."

"똥칸이야 거건."

"……"

"거기서는 있잖아. 올방다리_{양반다리로 하루 종일 앉아 있어야 하는 형벌}하구 있서야 된댔어. 한 달이구 두 달이구 됐다구 할 때까디. 안 그럼 막 뚜들겨 팬대."

"누가 그러든?"

"들었서. 나두."

녀석의 말은 결코 하고 싶지 않았던 상상을 자극했다. 이를 꼭 물고 서둘러 자리를 벗어났다. 그리고 결심했다. 인신매매가 판을 치는 중국이 아닌 같은 강산, 남조선으로 가기로. 그 늙은이들만 생각

11장. 탈북 183

하면 분노가 치솟았지만, 잘 생각해보면 강릉과 서울에서 공연할 때 진심으로 환영해주던 얼굴들이 더 많았다. 그때 분명히 보았지 않나? 진심으로 눈물을 흘리며 따스하게 바라봐주는 사람들도 분명 있었다. 무대가 파하고 사라지는 단원들의 뒷모습을 미련처럼 지켜보던 사람들이 있었다.

그렇게 철로를 따라 걷는데, 등 뒤에서 손향의 앞날을 두고 자기네들끼리 내기하는 소리가 재잘재잘 들려왔다.

언제 총 맞아 죽을지에 대하여.

12장
우리의 미래

아주 멀리서 들리는 소리가 점차 가까워졌다.

"오빠아… 일어나아… 제발 좀 눈 좀 떠 봐아… 죽어도 남한에 가서 죽어, 좀…!"

힘겹게 눈을 떴다. 여긴 어디지? 서울인가? 평양인가? 울음소리가 들렸다. 인지다. 비를 머금어 곤죽이 된 흙바닥에서는 냉기가 또렷하게 느껴졌다. 부서질 것 같은 삭신. 두 다리를 허공에 차고 벌떡 일어났다. 최인찬, 이렇게 쉽게 죽지 않는다. 내 금괴 두고 억울해서 눈 못 감는다.

"금괴는?!"

"오빠! 살았어?! 정신 돌아온 거야?"

"금괴는?! 어디 갔냐고?"

"갖고 튀었잖아, 걔들이!"

"꽃제비 새낀? 원 씨는?!"

주변을 아무리 둘러보아도 우리 남매뿐, 분명히 있어야 할 금괴가 사라졌다. 백억이 넘는 금괴가 담긴 가방이! 그 무거운 걸 가져갔다고? 어떻게? 아무리 머릿수가 많다지만 꽃제비들이 들고튀기엔 무리다. 뻔하다. 이 모든 걸 컨트롤한 건 다름 아닌 원 씨일 것이다.

"이것들 제대로 짜고 쳤네."

"그럼 둘이 공범이라고?"

"그래. 다 연기였어. 뭐 해? 일어나. 가게."

"어딜?"

"원 씨 그 새끼 죽이러."

"어차피 멀리 못 갔을 거야."

"멀리 못 갔다고 살려, 그럼?"

뱉고도 몰랐다. 내 말이 얼마나 무시무시한 말인지. 약간 겁에 질린 인지의 얼굴을 보고 다시 수습하듯 말을 고쳤다.

"되찾아야 할 거 아니냐고, 그 도둑놈들이 훔쳐 간 우리 금괴 가방!"

하지만 막막했다. 어디로 어떻게 가서 찾는담? 억장이 무너지는 것 같아 그대로 다시 주저앉고 말았다.

"인지야, 그 금괴는 그냥 금괴가 아니야. 그건 우리의 미래야…!"

내가 모래 한 줌을 가득 집어 던지며 내질렀다. 입안으로 빗물과 모래알이 뒤섞였다. 그러다 뭐가 퍼뜩 떠올라서,

"맞다. 처음 그 새끼가 그랬잖아. 임무 완수되면 김밥 먹자고 했던 것 같은데? 김밥 파는 데 뒤져 볼까?"

"오빠도 참. 그 인간이 세월 좋게 김밥 먹고 있겠어? 나라도 금괴 들고 당장 중국으로 도망가겠다!"

"그건 그래."

시간은 새벽 5시 20분. 이제 슬슬 군인들이 공사 현장으로 올 때가 됐다.

자리를 벗어난 우리는 왔던 기억을 되짚어 부랴부랴 승리역으로 향했다. 중국으로 가려면 무조건 여기서 영광 역으로 간 뒤, 다시 평양역으로 가는 방법밖에 없으니까. 첫 차가 6시에 있으므로 원 씨는 아직 평양을 떠나지 못했을 확률이 높다.

'잡히면 넌 내 손에 죽었다. 감히 우리의 미래를 건드려?'

서둘러 역전의 좁은 계단을 뛰어 내려가던 그때, 돌연 인지가 걸음을 멈추었다.

"잠깐! 저기!"

인지는 어느 청량음료 따위를 파는 매대를 가리켰다. 앞치마를 두른 판매원과 삐딱하게 짝다리로 서서 담배를 피우는 남자.

"원 씨다!"

"원 씨!"

우리가 동시에 외쳤다.

놈은 무슨 이유에서인지 판매원에게 되레 큰 역정을 내며 욕을 지껄였는데, 꼴을 보니 평소에도 진상이었음을 보여주는 풍경이다. 우리 남매는 전광석화의 속도로 뛰었다. 인지가 "저기요!"하고 입을 열려는 걸 내가 먼저

"야이, 개새끼야!!!"

그 순간, 우리를 발견한 원 씨가 마치 못 볼 걸 본 것처럼 혼비백산하더니 입에 물고 있던 담배도 버리고 그길로 줄행랑을 치는 게 아닌가? 절대 놓칠 수 없지! 평양 한복판에서 때아닌 추격전을 벌인 것이다. 왕복 사 차선 도로를 무단으로 넘나드는 건 물론이고, '근드리면 안 된다'는 교통안전원의 호루라기 소리까지도 깡그리 무시하면서 말이다. 앞만 보고 질주하던 놈이 어떤 회색 건물을 끼고 우회전하자 나도 그 뒤를 쫓았다. 결국 막다른 골목에 다다르자 어디로 가면 좋을지 모르는지 원 씨의 스텝이 꼬였다. 그러더니 옆에 쌓여 있는 푸대자루 아무거나 집어던지려고 하는데 생각보다 무거운지 그 짓도 하다 관두고, 이번엔 작대기 같은 걸 땅에서 줍더니 내 쪽에 대고 소심하게 슝-슝- 휘둘러댔다. 무슨 애들 장난하는 것도 아니고. 그러다 본인도 아니다 싶었는지, 작대기를 집어던지고 양손으로 가드를 올리더니 어설프게 슉슉댔다.

"배신자 새끼. 꼴깝 떠네. 이리 안 와?!"

원 씨는 급기야 담을 넘기 위해 도움닫기를 했다. 하지만 그전에 내가,

"시발놈아!!!"

하며 달겨들자 원 씨가 몸을 돌리더니 쉿쉿! 하고 검지를 입에 가져다 댔다.

"북한이야, 북한! 쉿! 쉿!!"

그래. 잠시 까맣게 잊고 있었다. 여긴 북한이지, 참. 이목을 집중

받아 좋을 게 없다는 건 나도 잘 안다고. 그런 의미에서 한 대 맞고 시작해야 한다, 이런 놈은.

퍽!!!

하지만 놈은 그대로 몸을 반회전하더니 그대로 담을 넘으려고 안간힘을 썼다. 어림도 없지. 부리나케 쫓아가 두 손을 뒤로 낚아챈 다음 그대로 바닥에 찍어 눌렀다. 경찰 짬밥 십 년이다. 이 정도쯤이야 식은 죽 먹기지. 그 상태로 놈을 깔고 앉아 사정없이 두들겨 팼다. 해명 따위 들을 필요도 없었다.

"이 사기꾼 새끼!"

"뭐? 사기꾼? 사기꾼?"

원 씨가 일부러 화제를 돌려 역전을 꾀해보지만, 그것도 안 먹히자 재빨리 구걸 모드로 돌아갔다. 역시 매가 약이라니까.

퍽! 퍽!!

"왜, 왜 그래! 같은 민족끼리!"

"민족? 비즈니스에 민족이 어디 있습니까요, 이 도둑노무 새끼야! 감히 내 뒤통수를 쳐?!"

하며, 찰지게 뺨을 왕복으로 후려갈기자 절박함과 모멸감으로 얼굴이 벌개지더니 이젠 대놓고 두 손을 싹싹 빌었다.

"알았어, 알았어. 놓고 얘기해 제발! 이렇게 빌게, 응?! 살려줘…!"

"놓긴 뭘 놔, 이 자식아! 짐승도 한 번 빠진 구덩이엔 두 번은 안 빠진댄다! 말 해, 내 금괴 가방 어디에다 빼돌렸어?! 말해!! 빨리!"

인지도 덩달아 분이 나는지 옆에서 발을 굴렀다.

"오빠! 확 분질러버려! 손모가지! 아까 날 총으로 쏘려고 했어! 저 못생긴 골초 새끼가!"

"타임! 타임! 타임!!"

땀과 개기름에 절어 애처럼 울먹이는 얼굴을 보니 피차 이게 뭐 하는 짓인가 싶어 놈의 멱살을 신경질적으로 놓아주었다. 후- 그러다 다시 잃어버린 금괴 생각이 나자 도저히 참을 수 있어야 말이지. 애꿎은 담벼락을 걷어차며 화풀이를 하지 않고선 못 베길 것 같았다. 저 인간이 그동안 동업자와 배신자의 가면을 수시로 갈아치우면서 얼마나 많은 사람의 뒤통수를 쳤을까? 도저히 분이 안 풀려 다시 손을 올리려다가 코피를 닦으며 움찔하는 걸 보고 그냥 관두기로 했다.

"기겁하기는. 병신 새끼."

"빨리 말해요! 우리 금괴 어디로 빼돌렸냐고요?! 이 골초새끼야!"

놈은 얻어맞은 코를 부여잡고 휘청이며 일어섰다. 그러면서 애도 아니고 울먹이며,

"씨… 아직도 모르겠어? 그거 그 쥐방울만 한 게 들고튀었다고! 나도 당했다고!"

"그건 빈말이냐? 없는 말이냐?"

"진짜야… 믿어줘. 제발."

"믿어 달라? 몇 시간 전까지만 해도 우리한테 총을 들이대 놓고?"

"자, 자, 잘못했어! 그, 그건… 형씨 내가 진짜 잘못했어. 진짜 용서해줘. 응? 이렇게 빌게."

재빨리 무릎을 꿇으며 싹싹 비는 꼴을 보자 염증이 확 올라왔다. 사실은 동거녀가 혼인신고 하자고 해도 차일피일 미루더니 급기야 뭐에 씌었는지 젖먹이 아들을 데리고 도망을 갔다며 요즘 살아도 산 게 아니란다. 미용실 하나 차려주면 돌아온다는데, 그걸 무시했더니 이년이 예전에 비자위조 한 것까지 공안에 신고해서 일감도 끊기고 막막해서 그랬단다. 아, 구질구질한 인생이여.

"그럼 증명해봐."

"증명? 뭘?"

"너도 애꾸 그 자식한테 속았다는 사실을 증명해보라고."

단둥에서 출발할 때부터 원 씨 이놈이 꾸며낸 재밌는 활극(러시아인 엑스트라)을 봐서 그런지 도무지 믿음이 안 갔다. 나한테 총까지 겨눴으니 더더욱.

"뭘 더 증명해?! 진짜 내가 들고튀었으면 당장 도망갔지, 거기서 줄담배나 피우고 있겠냐고! 봐봐. 뭐 나오나 봐보라고!"

하며 자기 양쪽 바지 주머니에 손을 넣고 경박스럽게 팔랑거렸다.

그 쥐새끼 같은 꽃제비 녀석과 막역한 사이가 아니었냐는 물음에는 코웃음을 쳤다. 녀석을 처음 알게 된 건 수년 전. 브로커 일을 하면서 자잘한 심부름을 해줄 꽃제비가 필요했던 참에 마침, 의붓아버지한테 맞아 가출했다는 애꾸를 만났다고 했다. 물론 소소한 대가는 지불했고. 어제 평양역에서 만났던 꽃제비들은 모두 녀석을 중심으로 먹고 사는 아이들이었고.

"그래서? 그 녀석 어디로 튄 것 같아?"

"잠깐. 전화 좀 해 보고."

"또 수작 부리면 알아서 해."

"수작 아니야. 여기 들어와 있는 아는 형님한테 전화하는 거야."

그래봤자 동료 브로커다.

- 여보세요? 어, 형님, 난데. 혹시 애꾸 어디에 있는지 알아? 아, 대답이나 해. 알아 몰라? 이번에 일 좀 도우라고 시켰는데 내빼버렸어. 뭐라고? 아, 지금 여기서 그 얘기가 왜 나와? 사람 열받아 죽겠는데. 에잇!

그렇게 신경질적으로 전화를 끊은 원 씨는 마땅한 대답을 내놔야겠던지 기어들어 가는 목소리로 말했다.

"보나 마나 뻔해. 아지트에 처박혀 있을 거야."

"바로 탈북이 아니고?"

"그 많은 금괴를 지가 뭔 수로 들고?"

"그래서 어딜 가면 찾을 수 있는데?"

"모난봉 꽃제비라고. 걔들 본거지는 평성 장마당인데, 여기 평양 장마당이랑 역전에도 아지트가 있어."

"좋아. 잡으러 가자, 애꾸 그 새끼."

"저, 형씨…"

"뭐?"

"저… 그 배분…"

"또 맞고 싶으면 삼 대 칠 소리 해. 넌 하는 거 봐서 일 대 구야. 아, 뭐해?! 앞장 서!"

상황이 이렇게 돌아가는 이상 중도 포기하기에도 이제까지 개고

생 한 게 수포로 돌아갈 것 같고 한지 결국 원 씨도 억울한 얼굴로 끄덕였다.

"그런데 말이지. 혹시 형씨가 애꾸한테 말했어?"

"뭘?"

"우리가 금괴 찾는다는 거 말이야."

"내가 그걸 왜 말 하냐? 오다가다 만난 녀석한테."

그리고 보니 애꾸도 마찬가지였다. 우리를 따라다니는 내내 단 한 번도 우리가 뭘 찾는지 물어본 적도 궁금해한 적도 없었다. 그런데 참 이상하지. 녀석에게 없는 건 그뿐이 아니니까. 지하철 표도, 평양 시민증도, 이름도 무엇도 없었다. 마치 세상에 존재하지 않는 사람처럼 느껴지자 갑자기 등골이 서늘해졌다.

'하지만…'

멍청한 자식이다. 그 녀석은 대처부터가 틀렸다. 원 씨가 나에게 총을 겨눌 때 날 도왔어야 했다. 그랬더라면 원 씨의 몫이 제 것이 되었을 테니 말이다. 그런데 지금은? 국물도 없다.

그렇게 우리는 깊은 분노를 삼키며, 아침 출근길 걸음을 재촉하는 평양 시민들 틈으로 들어갔다.

PYONGYANG

3부

GOLD RUSH

₩ 11,200,000,000

DANDONG→PYONGYANG

Tuesday, February 27, 2024

13장
압록강의 밤

2024년 2월 29일.

물안개가 아스라이 피어오르는 압록강. 온 세상이 고요한 순간이 왔다. 잡담 소리도 진작 멎었다.

브로커는 뒤를 돌아보았다. 거기엔 풀숲 사이에서 숨죽인 채 자신들의 삶의 기로를 점치는 무리가 있었다. 그들에게 이쪽으로 오라는 손짓을 하며 입을 뻥긋거렸다. 일면식 없는 사이지만, 그 순간만큼은 이미 만나서 맞춰보기라도 한 듯 한마음 한뜻이 되어 착착 맞았다. 그러다 누군가 재채기를 하자 브로커가 쉿! 하며 인상을 찌푸렸다. 숨소리, 발소리조차 꼬투리가 된다.

다시 이동.

강이 가까워질수록 물 흐르는 소리와 풀벌레 소리가 선명하게 들렸다. 저기에 미리 파놓은 구덩이가 보였다. 브로커는 짚 더미로 덮은 뚜껑을 열고 손짓했다. 하나둘 차례로 들어가기 시작했다. 부부,

노파와 손주, 그리고 젊은 처녀 셋.

"내일 강을 건너서는 바로 장백으로 갈 거요."

한 명 한 명 눈도장 찍듯 둘러보며 브로커가 말했다.

"장백이 어디요?"

노파가 묻자 브로커가 어디 어디라고 설명을 해주지만 그래봤자 정확히 이해하는 사람은 없었다. 손향을 포함하여.

"코로나 비루스 때문에 아직도 국경엔 경비가 삼엄하오. 거 경비대 대장한테 뭐라도 찔러줘야지 안 그럼 안 된단 말이오."

돈 내놔라, 이거다. 다 긁어모으니 인민폐까지 포함하여 대강 80달러가 모였다. 이거 가지곤 안 되겠다며 곤혹스러운 얼굴을 한 브로커가 손향을 딱 집어 물었다.

"동문 뭐 없소?"

"이미 내놨잖슴까?"

"겨우 백 원 내놓고 어쩌자는 거요? 나도 장사하는 처지에 곤란하게. 이문도 안 남소."

"……"

"돈 좀 더 내놔보시오. 유명 가수가 쩨쩨하게 이게 뭐요."

브로커가 다 알면서도 일부러 걸고넘어졌다. 결국 얼굴을 꽁꽁 싸맨 '유명 가수' 손향은 그렇게 정체를 들키고 말았다. 결국 바지춤에 숨겨 두었던 돈까지 탈탈 털어 바쳤다. 구걸하고 때론 훔쳐서 장만한 돈이다. 날강도가 따로 없긴 한데, 애꾸눈 꽃제비의 말대로 중국으로 인신매매를 팔려 갈 경우를 대비해서 미리 뇌물을 쓴 거라고 생각하면 덜 아까운 마음이다. 과연 브로커가 협조해 줄지 모르겠다마는.

그렇게 돈을 찔러주는 걸 지켜본 한 노파가 은근히 물어왔다.

"정말 리손향이 맞나요?"

"……"

"거 남조선에도 갔다 왔다더니 하나만 물읍시다."

"……?"

"남조선엔 결핵병자가 없다는데 사실이오?"

기가 찼다. 우에서 시키는 대로 가서 노래만 부르다 온 사람이 남조선에 결핵병자가 있는지, 문둥병자가 있는지 어떻게 안단 말인가? 어처구니없어서 대꾸를 않자 이번엔 여기저기서 쑥덕댔다. 아까부터 청봉악단 리손향- 남조선 어쩌고저쩌고- 하는 것들이었다. 몸살 나게 지긋지긋했다. 정작 손향은 과거를 물었는데 어째서 세상은 귀신같이 알아보는 걸까.

그러다 한 처녀가 다른 처녀에게 말했다.

"실제로 보니까니 별거 없구나야."

"별거 없기는. 아주 우리란 영 다르다. 실물 곱고, 피부두 샛말갛구."

"기래두 이젠 볼 것두 없지. 우리처럼 도망하는 처지에."

틀린 말도 아니다. 악단 가운데에 서던 영광으로부터 몇 년이나 지났는데 그럼. 다 지난 일이다. 더는 잘나가는 동료들을 샘하거나 부러워하는 일도 부쩍 줄었다. 악단이 해체되고도 홀로 승승장구하는 용주 동무를 봐도 이젠 덤덤하다. 얼마 전에는 공훈배우 칭호를 받았단다. 송화거리 주택에 으리으리한 살림집도 하사받고. 수년 전에 전화를 매몰차게 끊던 걸 생각하면 분하고 배신감이 들었지만, 열병식에 장군들과 나란히 단상 우에 선 모습을 보고 있자니 또 이상하게 웃음이 났다. 그 동무는 아직 모르는가 보다. 손향은 한때 자신도 '꽃'이었기에 잘 안다. 세상 모든 벌과 바람이 나를 위해 존재하는 것 같겠지만, 결국 내가 저물 땐 그들도 무용지물이라는 사실을. 아무렴, 태양 앞에선 그것들도 아무것도 아닌데.

"도망하니까니 불쌍하디."

"불쌍은. 당 비서한테 몸 바쳐서리 승승장구한단 말은 들었는데, 머 별거 없구나."

"애, 쉿! 들을라!"

손향이 눈을 치켜떴다.

"디금 머라고 했서?"

"머가?"

"다시 말해보라."

"못 들었음 말 일이지. 가재미 눈 할 건 또 머 있담?"

"이 개 같은 년."

"개, 개 같은 년? 롱질 한번 한 거 가지구 찔리는 게 있으니까니 저러지. 안 그러니?"

"내래 당 비서하고 붙어먹었는지 니 아바지하고 붙어먹었는지 니 눈으로 봤서? 오데서 뚫린 주둥이라구 막 지껄여?"

"머, 머어?! 야! 이기 말이면 단줄 아나?"

"기래! 다다! 와? 내래 무서울 줄 알구? 이리 오라! 이리 오라!"

사람 잘못 봤다. 더는 생글생글 웃으며 시키는 노래나 부르는 무대 우의 가수가 아니다. 생존에 모든 것을 내건 절박한 목숨이다. 이 세상 누구 못지않게 짐승처럼 살아왔단 말이다. 그러니 터무니없는 모략으로 공격해온다면 기꺼이 물어뜯겠다. 가뜩이나 조국에 대한 분노로 어금니가 근질근질하니까. 덤벼라. 남은 것이라곤 악과 깡뿐이다.

"이런 제기랄! 다들 조용히들 하시오. 내일 새벽까지 여기서 꼼짝도 마시오. 만에 하나 들켰다간 그냥 다 떼죽음이란 것만 아시구려들."

그때, 브로커가 끼어들지 않았으면 머리채를 잡고 큰 싸움이 벌어졌을 것이다. 손향은 상대를 죽일 듯이 노려보며 간신히 제자리에 앉았다. 그리고 무릎을 끌어안고 얼굴을 파묻었다.

다들 전깃불이 번쩍거리는 중국 땅에 대해서 막연한 호기심으로 이야기꽃을 피웠지만 손향은 속으로 코웃음 쳤다. 중국? 습근평 앞에서 노래 부르고 악수도 한 게 바로 이 리손향이다, 이 말씀.

'느이들은 중국서 천년만년 살아라. 난 남조선으로 갈 거다.'

수년 전, 강릉과 서울에서 보던 풍경을 잊지 않았다. 사진기를 보지 말라고, 주변을 두리번거리지 말라고 지시가 내려왔지만 개코다. 볼 사람은 다 봤다. 그래서 아주 잘 안다. 남조선이 얼마나 잘 사는 나라인지. 가평휴게소에 들렀던 응원단 중 한 명은 위생실화장실이 제

집 안방만 하다느니 음악이 흘러나온다느니 입에 침이 마르도록 칭찬을 했다가 목치기^{해임} 당하고 고향에 내려갔다. 뿐이게? 서울에서 제일 좋다는 호텔에서도 묵어봤다. 깊은 밤에도 불이 번쩍거리는 서울 시내는 충격으로 각인됐다.

그러니 여기까지 온 이상 후회는 없다. 이제 부관참시된 할아버지의 유해에 대한 절절함도, 죽은 아바지가 어디에 버려져 묻혔을까 하는 슬픔도 모두 삼키기로 했다. 무사히 남조선에 도착할 때까지는 그 무엇도 생각하지 않기로 마음먹었다.

뚝, 뚝.

그런데 아니었다. 사계가 수없이 흐르면서 눈물샘이 메말랐다고 여겼는데 어느새 두 줄기의 뜨거움이 뺨을 타고 손등을 적셨다. 영 엄마 생각이 떠나질 않아서. 평양 산부인과 진료소장의 딸로 태어나 곱게만 자라오신 엄마. 아들을 못 낳는다고 할아버지에게 구박을 받고도 매 끼니 따스한 밥을 차려내시던 둘도 없는 효부였던 엄마. 그 보상심리에서였을까? 이 못난 딸을 가수 만들어 보겠다고 얼마나 열과 성을 다하셨던가? 그간 바친 뇌물은 또 얼마이던가? 아바지는 치맛바람이 과하다고 핀잔을 주었지만 누구보다 위대한 엄마는 기어이 꿈을 이루셨다. 아직도 기억이 난다. 할아버지 살아생전에 엄마가 감격에 겨워하던 말을.

"아분님 보시라요. 아분님은 멀찌감치서 김일성 수령님을 보셨디요? 우리 손향이는 무대 끝나구 김정일 장군님이 직접 내려와서리 악수까지 했슴다, 악수. 손두요. 우리 손향이만 그중에서 제일 오래

잡아주시었다구요. 것도 두 번이나요!"

"기래, 기래. 저 애가 우리 딥 보배다, 보배!"

"그뿐이게요? 이번에 김정은 동지께서 지시를 내리셔서리 청봉악단에 우리 손향이가 제일루 먼저 뽑혔대요. 열 아들보다 낫디요?"

"기래! 열 아들 보다 낫다야!"

속정 없던 아바지와 달리 엄마는 손향에게 아낌없이 사랑을 주셨다. 그만큼 손향이 엄마의 전부였으니까. 엄마가 뜨락또르 우에서 하나뿐인 자식의 손을 뿌리쳤을 땐 그 얼마나 피눈물을 삼키고 내린 결단이었을까? 홀로 향하는 교화소에서 잔혹한 고문과 죽음이 기다리고 있을지언정 아마 '전부'를 살렸으니 그걸로 되었다고 안심했을 테지. 그래, 마음 약해지지 말자. 엄마의 '전부'가 이렇게 구슬피 울고 있으면 마음이 얼마나 아프실까. 손향은 애써 눈물을 닦으며 각오를 다졌다. 내일은 조국을 떠나는 날이지만 새롭게 태어나는 날, 자유를 얻는 날이다. 죽지 않는 한 희망이 있다. 먼저 건너간 뒤에 후날_{後날} 엄마를 구해오자.

'그래, 꼭… 구해오자… 꼭… 엄마를… 구해…'

고단함이 밀려왔다. 눈꺼풀이 무겁다. 남조선 영상물을 봤는데 거기에 가족오락관이라는 걸 봤다는 누군가의 말에 또 다른 누군가가 설렘에 가득 차 되물었다. 남조선은 얼마나 잘 살길래 집집마다 오락시설이 갖춰져 있는 거냐고. 그 무지한 기대, 무지한 희망 속에서 손향은 스르르 잠에 들었다.

14장
애꾸

천편일률적으로 음울한 색상의 옷차림을 한 사람들로 붐볐다. 나름 장마당이랍시고 호객 소리가 곳곳에서 들려오고, 삐딱하게 어슬렁거리는 안전원들의 모습에서 왠지 해이해진 치안 컨디션마저 느껴졌다.

중국산 컵라면과 짝퉁 우뚝이 카레가 사고 팔리는 그 현장에서 내 눈을 잡아끈 건 '대한적십자사' 로고가 박힌 기저귀, 비누, 구급함, 담요 등 생필품이었다. 무상으로 사람들에게 나눠준 게 아니라 '위'에서 유상으로 내다 판 게 분명하다.

"없는 게 없네."

"당연하지. 장마당에선 당에서 해주지 못하는 게 다 있거든. 오죽하면 중앙당보다 장마당이란 말이 나왔겠냐고."

"그나저나 애꾸를 어떻게 찾는다는 거야, 여기서?"

"무리 중에 한두 명은 꼭 나와서 어슬렁거리는 것들이 있어."

"잔챙이를 잡자?"

"맞아. 마침 저기에 있네. 잔챙이."

어이, 고운 동무야- 하면서 웬 낯빛 거무죽죽한 남자가 한 어린 소녀를 불러 세웠다. 꼬질꼬질한 소녀는 우두커니 서서 자기보다 훌쩍 큰 어른을 올려다보았다. 그런데 가만 보자? 어째 돌아가는 꼬라지가 상당히 불순해 보인다. 남자가 소녀의 손에 빵 따위를 쥐어주면서 어딘가로 데리고 가려는데, 영문을 모르겠다는 소녀의 작은 등에서 위기를 감지했다. 난 경찰이니까. 척하면 척, 촉이 왔다. 그 말도 안 되는 범죄현장을 못 본 척 외면하는 사람들을 신경질적으로 밀치고 간 나는 남자 앞을 가로막았다.

"당신 뭐야?"

거기서 더 싸움이 나든 상관없었는데 의외로 남자는 순순히 물러났다. 장소를 이동해서 또 타깃을 물색할지도 모르겠다.

소녀는 방금 자신이 어떤 상황에 처할 뻔 했는지도 전혀 인지하지 못하는 눈치였다. 그저 오로지 빵, 그 빵을 훔쳐 갈까 봐 자기가 지을 수 있는 최대한의 험악한 표정을 내게 지어 보였다.

원 씨가 물었다.

"너 애꾸 알지?"

그러자 표정이 금세 풀렸다. 애꾸를 알아서라기보다 우리의 관심사가 빵이 아니라는 것에서 생겨난 안도였다. 소녀는 원 씨와 인지를 번갈아 보더니 나에게 시선이 머물렀다. 그리고 천천히 고개를 끄덕였다.

소녀를 따라간 곳은 골목을 굽이굽이 돌고 돌아 어느 황량한 역전. 허름한 철로 밑에서 아이들이 뭘 주워 먹을 게 있다고 옹기종기 모여 있다가 우리들이 다가가자 재빨리 흩어졌다. 하나같이 거적을 뒤집어쓴 아이들이었다. 하마터면 넘어질 뻔한 원 씨가 툴툴댔다.

"아이, 그지같네. 레일도 뜯어가고, 침목두 애저녁에 뜯어가고… 가만 보자, 이거 쇠못도 뜯어가고 없네. 이 새끼들아! 작작 뜯어가!"

"애들이 이런 걸 뜯어가서 뭐하게?"

"팔겠지."

침목은 3년, 길게는 5년에 한 번씩 교체하고, 레일 자갈도 그 안에 반드시 교체해야 하는데 지금은 엉망이었다. 당연하지. 버려진 길이니까. 그리고 이 버려진 곳이 바로 모난봉 꽃제비들의 아지트이기도 했다.

허름한 궤짝 더미 위에 누워있던 소년이 부스스한 머리로 일어났다. 제법 나이가 들어 보였다. 열넷? 열다섯? 한국 나이로 중학생쯤 됐지 싶다. 방울이 달린 털모자에 아주 오래전부터 입었는지 소매가 드러난 작은 점퍼, 어디서 주웠는지 허접한 가방 하나를 대각선으로 메기까지. 촌스러움 그 이상의 참혹함. 그런데 돌연 녀석은 우리는 안중에도 없이 쌍심지를 켜고 소녀에게 달려들었다. 그리곤 소녀의 입에 손을 꾸역꾸역 넣더니 뭘 자꾸 뺐다.

"왜 다 처먹어 혼자! 왜!"

녀석의 분노는 눈 깜짝할 새에 걷잡을 수 없는 폭력으로 이어졌다. 머리를 얻어맞아 가면서까지 몸을 웅크린 소녀는 나름 필사적이었다.

"이 짜식들이! 으른 말하는데 버르장머리 없이!"

원 씨가 억지로 두 아이를 떼어 놓았다.

"니들 애꾸 봤어, 못 봤어? 대답 안 해?!"

"안전원이야?"

그러자 소녀가 녀석의 배를 가볍게 밀치며 대꾸했다. 아니라고.

"기게 누군데요?"

"눈깔 하나 없는 병신새끼 말이야! 니들 오야붕!"

흥분한 원 씨를 간신히 제지하고 다시 차분하게 물었다.

"애꾸. 열 두세 살 먹은 애. 눈 한쪽 없고. 알지? 걔 여기서 먹고 자는 거 다 알고 왔어."

"모룸다."

때가 새까만 손톱을 물어뜯는 녀석. 짭조름한 맛이 꽤 마음에 드는지 열 손가락이 골고루 입 안에 들락거렸다.

"몰라?"

"아, 몰라요. 귀찮케스리."

그리고 자리를 벗어나려는데, 마침 해가 들면서 녀석의 그림자가 내 발치에까지 드리웠다.

그때 뭔가 머리에 스치고 지나갔다. 고층아파트에 숨어 있던 어제, 층계참에서 둔탁한 소리가 났었지. 그리고 벽에 웬 눈사람 같은 긴 그림자가 비쳤고. 수상하게 여긴 내가 확인하려던 걸 애꾸가 대신 가겠다고 잽싸게 몸을 날렸었다. 그리고 허허실실 웃으며 이렇게 대답했다.

　　"아무도 없습니다. 계단 난간 봉우리 그림자였습니다."

　그런데 그 눈사람 같던 그림자가, 그러니까 애꾸의 말을 빌리자면 난간 봉우리라던 그 그림자가 어째서 지금 내 발치에 또다시 드리운 걸까? 똑같은 모양으로? 천천히 고개를 들어 녀석의 뒷모습을 보았다.

　녀석의 방울 달린 털모자.

　눈사람.

　난간 봉우리.

　"거기 서."

　　　　　　　　＊ ＊ ＊

　"오빠, 쟤야! 쟤! 그때 애꾸 옆에 쟤도 있었어! 내가 기억해!"

　내가 뭐라 하기도 전에 인지가 소리쳤다. 아까부터 어디서 봤더라—를 연발하더니 비로소 기억이 난 것이다. 어제 평양역에서 처음 봤을 때와 금괴를 강탈당하던 때에도 마찬가지로 먼발치에 이 녀석이 있었다고 말했다.

　"정말이야?"

　우리도 모르는 사이에 이것들이 조직적으로 농락을 했다고? 부아가 치밀었다. 어금니를 꽉 물고,

　"애꾸 어디에 있어?!"

"건 와?!"

"안전원 불러?"

내가 턱으로 녀석의 등 뒤를 가리키며 말했다. 뒤에는 아까부터 누워 있는 채 움직이지 않는 아이가 하나 있었다. 인지가 놀랐는지 숨을 들이켜는 소리를 내고 원 씨도 움찔한 눈치였다. 그렇다. 죽은 것이다. 역전에, 장마당에, 철길 옆까지 구걸을 하던 꽃제비들의 시신이 곳곳에 방치되어 있다고 이미 들어 알고 있었다. 그리고 내 눈으로 직접 그 현장을 목격한 것이다. 주민부에 등록이 되어 있는지 나 모르겠다. 살아있는 동시에 죽어있는 아이들. 태양의 자식이란 이유로 전소될 일만 남은 아이들. 그 참담함 앞에 인지가 떨리는 손으로 성호를 그었다. 소녀가 인지를 신기하듯이 물끄러미 보며 따라했다.

성부와 성자와 성령의 이름으로 아멘.

"지 혼자 죽은 거야!"

녀석이 억울하다는 듯이 다급하게 소리쳤다.

"누가 뭐래? 마지막으로 묻는다. 애꾸 어디에 있어?"

"애꾸는… 어디에 있냐면…"

"거짓말하면 혼난다. 바른대로 말해."

그 와중에도 소녀는 우리에게 대들어 봤자 손해라고 판단했는지 녀석에게 어서 대답할 것을 촉구했다. 쿡쿡 옆구리를 찌르며. 궁지에 몰린 녀석은 뭘 떠올리듯이 눈동자를 이리저리 굴리는가 싶더니 갑자기 쏜살같이 튀어버렸다. 순식간에 벌어진 일이었다.

"잡아!"

그 뒤를 바짝 추격했다. 나, 원 씨, 그리고 인지까지.

녀석은 잽싸게 튀더니 어느 높은 난간도 풀쩍풀쩍 뛰어넘었다. 역시 나이는 못 속인다. 못 먹었어도 어린애는 어린애다. 민첩한 몸놀림에 내가 따라잡는 데도 한계가 있다. 게다가 다닥다닥 붙어 있는 단층집들 사이를 요리조리 빠져나가는데, 이거 도무지 혼자 힘으론 잡을 수 없을 것 같았다. 턱이 높은 복도를 달리는 놈을 기준으로 자연스레 원 씨는 밑, 나는 위에서 각각 평행선으로 달렸다. 그렇게 막무가내로 달리던 녀석은 갑자기 뛰어내리더니 웬 야산 기슭에 있는 긴 배관으로 숨어 들어갔다. 하는 수 없다. 지옥 끝까지 따라가는 심정으로 그 좁은 공간에 몸을 구겨 넣는 수밖에. 내 금괴! 내 백억! 쪼그린 다리를 보채며 벌써 저만치 앞서가던 녀석이 어느 순간엔가 돌연 비명을 질렀다.

"아악!!!"

반대편 구멍에 인지가 중국집 구슬발처럼 긴 머리를 내리깔고 떡하니 지키고 선 것이다. 허억, 허억- 가쁜 숨을 몰아쉬며.

"제에엔장!"

놈은 망연자실한 얼굴로 제 머리를 쥐어뜯더니 나를 휙 돌아보았다. 노려보는 눈으로. 남은 건 제압하는 일뿐이다. 지친 기색 하나 없이 도망치던 녀석은 결국 마취 총 맞은 새끼 고라니처럼 낑낑대

기 시작했다. 일단 머리를 한 대 세게 후려치며,

"어른이 말하는데 도망을 쳐? 너 안 되겠다. 혼 좀 나야겠다."

"걔네 엄마 때문이에요!"

하고 소리쳤다. 벌게진 얼굴로, 마치 억울한 건 본인이란 듯이.

"뭔 소리야? 똑바로 말해!"

"걔네 엄마가 중국에 갔단 말이에요."

뒤늦게 도착한 소녀가 녀석의 옆에 바짝 서며 대신 말했다. 계속
보니 둘의 얼굴이 닮았다.

"애꾸네 엄마, 중국으로 시집을 갔거든요. 개 새 아빠가 중국 사람
이에요. 동생도 있구요."

"……"

"자기 엄마 다리 만들어 줄 거라고 했어요. 다리 새로 해주고 거
기서 살 거라고."

그 와중에도 녀석이 말을 가로챘다. 거기서 살 게 아니라 남조선
에서 살 거라고 했다고.

"아, 맞다. 남조선에 가서 살 거라고 했어요."

"잠깐! 너희들 대체 무슨 소릴 하는 거야? 걔네 엄마가 뭐 어쨌다
고? 다리가 뭐? 지금 그게 무슨 상관인데?"

"엄마랑 같이 살려면 돈이 필요하다고 했어요. 그래서 애꾸가 우
리더러 도와달라고 했어요."

"뭘 도와줘?"

소녀는 그다음부턴 말하기 무서운지 울먹였다. 그러자 이번엔 소

년이 체념한 얼굴로 마저 말했다.

"우리더러 평양역으로 나오라고 했어요. 뒤쫓으라고."

"설마 우리를?"

고개를 끄덕였다. 내가 할 말을 잃고 가만히 있자, 이번엔 원 씨가 얼굴이 벌게져서 침방울을 튀겨가며 물었다.

"거짓말하지 마! 우리가 뭘 할 줄 알고 그 새끼가 도와달라고 해!"

"진짜예요! 애꾸가 그러는데 중국에서 들어온 밀수품 같은 거라구 했어요."

밀수품? 그렇다면 애꾸는 자기가 훔치려던 것이 금괴라는 사실을 사전에 몰랐다는 얘기가 된다.

"이것들이 끝까지 어른을 놀려? 야! 그 무거운 걸 어린놈이 어떻게 혼자 들고뛴다는 거야?!"

"몰라요, 우리도. 그냥 달구지만 갖구 오면 자기가 들구 간다구 했어요."

"그래서 도와줬다?"

"예…"

"근데 과연 너희들이 맨입으로 도와줬을까?"

원 씨가 허리춤을 손을 얹고 험악한 표정을 지었다. 아이들이 뒷걸음질을 쳤다. 내가 다시 끼어들었다.

"너희들. 대가로 뭐 받았어?"

아까부터 녀석이 대각선으로 메고 있던 가방 하나가 눈에 거슬렸다. 별것도 아닌 걸 줄곧 신줏단지처럼 끌어안고 있었으니까. 역시 예상이 맞았다. 소녀가 그 가방을 힐끔거리더니 입가가 금세 일그러졌다. 금방이라도 울 것처럼. 하지만 얘야, 나한테도 목숨 같은 거란다.

"바, 받은 거 없음다!"

"이리 내!"

녀석의 말이 채 끝나기도 전에 인지가 가방을 확 낚아챘다. 덕분에 그 작은 체구가 끌려다니듯 앞으로 팅기더니 반동에 의해 뒤로 다시 나자빠졌다. 거머쥔 가방을 털! 털! 털! 밑으로 쏟아내자 그 안엔.

"시발!"

초코파이 열댓 개가 대부분 찌그러진 채로 바닥에 널브러졌다.

그러자 소녀는 세상을 다 잃은 것처럼 울음을 터뜨렸다. 순식간에 우리는 나쁜 어른이 되어 있었다. 당황스럽기는 인지도 마찬가지였는지 가방을 얼른 수습하고 돌려주자 소년이 얼른 품에 꼭 끌어안았다. 보물처럼.

그리고 잠시 후, 소년이 저벅저벅 우리 앞으로 다가왔다. 그리고 결심이 섰는지 본인이 아는 한 줄줄이 말했다.

시작은 애꾸네 엄마가 임신을 했는데 아파도 병원을 못 간 이야기부터였다. 탈북 여성으로서 중국 신분증이 없으니 그럴 수밖에. 엄마가 아프다고 배를 잡고 엉엉 울자 애꾸는 급한 대로 중국인 계부의 호주머니를 뒤져서 신분증과 돈을 훔쳤다. 훔친다고 될 일이 아니었겠지만, 그 일로 많이 맞았다고 했다. 그래서였을까? 분명히 중국에 간다고 자랑을 찢어지게 늘어놓았을 때만 해도 멀쩡했던 애꾸가 모난봉 꽃제비들의 곁으로 다시 돌아왔을 땐 한쪽 눈을 감은 채였다고.

"중국 새 아빠한테 맞아서 그렇대요."

"맞아요. 어떻게 맞았냐구 하니까 말 안 해요. 그냥 맞았다구만 했어요."

안 그래도 눈엣가시였던 애꾸는 동생이 생겼으니 그 길로 쫓겨나 다시 평성으로 돌아왔는데, 돌아올 때 계부가 신신당부를 하더란다. 엄마의 의족을 맞출 돈이 필요하니 돈을 만들어오라고. 그러면 엄마랑 살게 해주겠다고. 과연 진심에서 한 소리였을까? 아닐 것이다. 그 집엔 얼씬도 하지 말라는 경고에서 한 소리였을 것이다. 그걸 애꾸는 진심으로 받아들였을 테고.

"근데 진짜 이상한 거는요! 선생님!"

소년은 아예 우리의 아군이 되기로 작정했는지 말끝마다 선생님, 선생님 하며 털어놓았다.

"애꾸두 그렇고 걔네 엄마두 이상해요. 애꾸두 중국 갔다 오니까 눈이 한쪽 없어졌는데요. 걔네 엄마두 중국 가기 전엔 다리 둘 다 있었거든요? 근데 거서 살면서 다리 한쪽이 없어졌댔어요. 그래서 우리는 중국 사람 무서워서 중국에 안 갈려고요."

인신매매로 팔려간 애꾸의 엄마가 그 집에서 도망치다가 걸려서 맞았다면 얘기가 된다. 중국에서 탈북 여성은 가축 이하의 취급을 받는다는 뉴스 기사를 본 적이 있으니까.

애꾸로서는 엄마와 함께 산 세월은 고작 3, 4년. 하지만 그 짧은 순간을 13년 인생의 전부인양 착각하며 길바닥 생활을 버텼을지 모른다. 다시 만나기 위하여, 돈을 벌기 위하여. 꽤 괜찮은 사람을 만날 땐 운이 좋았을 것이다. 가령 원 씨 같은 사람 말이다. 대가를 줬으니까. 먹을 것이나 북한 돈 몇 푼을 쥐여 줬으니까. 그러다 보니 애꾸는 타고난 첩보원이 되었고, 자기가 사는 세상이 그럭저럭 살만하다고 여겼는지도 모른다. 남조선에 대해 듣기 전까지만 해도. 크리스마스라는 것에 대해 알기 전까지만 해도. 그러다 어느새 엄마의 다리를 만들어 준 다음에 남조선에 가서 사는 것이 녀석의 최종 목표가 됐을 것이다. 그러기 위해선 '밀수품'이라고 철석같이 여겼던 내 금괴 가방이 필요했을 것이다. 로봇트 장난감 따위가 아니라.

하지만 그게 과연 제 뜻대로 될까? 계부인지 나발인지 하는 놈이 혼자 다 먹어치우겠지. 멍청한 애꾸 녀석은 또 버림받을 게 뻔하다. 남 좋은 일만 했다.

"야, 원 씨."

"왜…"

"너 압록강 뷰 아파트 못 사겠다."

"……"

허망한 얼굴로 바닥에 주저앉은 원 씨는 나머지 잔금도 못 주겠단 말에 괴성을 지르며 땅을 치고 통곡했다. 웃음이 났다. 낄낄낄. <u>흐흐흐</u>. 웃는 듯 우는 듯 나도 모르겠다. 그러다 다시 잘리고 없는 나무 그루터기를 발끝으로 힘껏 걷어차며 고함을 질렀다. 쇼생크 탈

출의 포스터처럼.

"아아아아악!!!"

아이들이 나를 미친놈처럼 보더니 무서운지 그길로 도망치고, 인지도 땅에 주저앉아 엉엉 울었다.

그대로 벌러덩 누웠다. 그 날씨에, 그 추위에 목덜미에 흐르는 육수 같은 땀에서 시큰한 냄새가 스멀스멀 코를 찔렀다. 억울해서, 아까워서, 열 받아서 눈물이 났다.

저 멀리 구름 한 점 없는 하늘이 시치미를 뚝 떼고 속없이 파랗게 펼쳐졌다. 간혹 봄을 알리기라도 하듯 때 모르고 피어난 꽃나무의 꽃망울들이 색색이 빛을 내며 키 돋움 하고 있었다. 비로소 깨달았다. 평양에 들어와 처음으로 하늘을 올려다본다는 걸. 할머니가 저 하늘 위에서 말하는 것 같았다.

"으이구, 이 미련아, 코앞에서 밥그릇을 놓치냐, 놓치길."

15장
비둘기야 높이 날아라

이틀 경과, 2024년 3월 2일 새벽.

예정대로라면 바로 도강을 해야 했지만, 갑자기 조선 쪽에서 감시가 삼엄해 무려 두 밤을 더 갑갑한 굴간_{굴속}에 갇혀 있어야 했다.

"평양에 불순분자들이 들어왔다는 소식이 있었소."

브로커가 말했다. 어떤 미국인 녀성 기자가 불법 록화물을 소지하다가 보위부에 걸렸다고. 또 평양 어디에서는 남조선 식 말을 쓰는 괴뢰분자들을 봤다는 신고도 잇따랐다고. 그러니 뒤숭숭할 수밖에.

"동무, 거 일부러 시간 끌려는 수작은 아니갔디요?"

한 남자가 미심쩍은 얼굴로 묻자 브로커가 버럭했다.

"멋하러 여까지 와서 수작질을 하갔소? 거 물에 빠진 사람 구해주니 보따리 내놔랐다고 말 참 더럽게 하시네."

"아님 됐소."

가볍게 몸을 비벼대던 갈대숲에서 들려오는 스산한 소리가 공포를 불러일으켰다. 옷깃 사이로 찬 바람이 쑤시고 들었다.

"딱 십오 분이요."

브로커가 말했다.

"그 안에 어쨌든 간에 무사히 강을 건너야 한단 말이오. 자, 이쪽으로 다들 납작 엎드려서 따라오시오."

흰 눈이 소복이 쌓인 묵정밭. 원래는 옥수수밭이었다고 한다. 인근 거지들이 하도 옥수수 속대를 훔쳐 달아나기도 하고, 도강쟁이들이 몸을 숨기기 일수였던 옥수수밭. 그래서 지금은 모두 쳐내고 듬성듬성 자라난 잡풀과 채 녹지 않은 흰 눈만이 쌓여있을 뿐이다.

저 멀리 드물게 자리한 경비 초소가 보였다. 그 뒤엔 '**우리나라사회주의제도만세**'라는 붉은 푯말이 손향을 향해 떡하니 버티고 섰다. 인민 누구도 만세는커녕 천세, 백 세도 누리지 못하는데 누굴 위한 만세고 무엇을 위한 구호일까?

"한꺼번에 가지 않고 차례로 움직이갔소."

가장 먼저 두 처녀와 노파가 건너고 그다음이 아이와 젊은 부부, 손향이 맨 마지막이었다.

"어째서 나는 맨 끝에 건넙니까?"

"동문 키가 작달막하니 눈에 띄지 않을 거 아이오? 근데 저자들은 우는 아도 있고 늙은이도 있고 하니 얼른 후딱 보내는 게 안전하단 말이오. 안 그럼 다…"

죽을 수도 있다는 뜻이다. 그래, 어떻게 보면 잘된 일인지도 모른다. 조·중 경비대들로 경계가 살벌한 곳인데 먼저 나서는 것도 상당한 위험이 따를 테니까.

"저어 선생. 정말루 저 큰 나라로 가면 잘 먹고 잘 살 수 있갔지요?"

노파 하나가 가다가 말고 물었다. 며칠 전부터 혼자 조바심이란 조바심은 다 내더니 하필 강물을 코앞에 두고서까지 망설일 건 또 뭐람, 시간도 없어 죽겠는데. 손향은 마지막 차례인 만큼 마음이 조급해졌다.

"말이라구 하시오? 저 강만 건너가면 말이지요. 중국 사람들 사는 살림집엘 가보면 아주 깜짝 놀랄 것이오. 거긴 쌀이 마대자루로 수십 자루는 갖다 놓고 삽니다."

브로커의 말에 다들 감탄해 마지않았으나 손향의 머릿속엔 오로지 남조선으로 가득 차 있었다. 이어진 산맥은 같으나 삶은 천지 차이인 그곳. 쌀자루뿐이냐, 거긴 먹다 남은 쌀도 내다 버리는 곳이다.

"자, 다들 손 꼭 잡고 건너가시오. 소리 내선 안 되오. 걸리면 그땐 다 죽는 거요."

브로커의 다급한 주의사항을 듣자 돌연 심장이 두근두근 높뛰기 시작했다.

다들 지시대로 납작 엎드리며 이동했다. 두 처녀가 강 초입에 들어서자 추위에 몸을 부르르 떨었다. 걷어 올린 바지 밑으로 새하얀 허벅지에서 닭살이 돋는 게 눈에 훤히 보였다. 그만큼 강물은 찼다. 혹시 건너다 심장 마비로 죽으면 어쩌지, 하는 생각마저 들었다. 그래도 반짝이는 달빛 같은 미래가 기다리고 있겠거니 하며 견디는 수밖에. 이젠 오직 한길이다!

손으로 노를 젓듯 휘휘 저으며 건너는 노파의 뒤로 아이를 안은 젊은 부부가 마저 건넌 뒤, 손향의 차례가 되었다. 어느새 중국 쪽 강둑에서 무사히 건너간 사람들이 이쪽을 향해 손을 흔들었다. 눈물 겨웠다. 저기만 가면 자유의 반은 획득한 셈인데, 그래서일까? 그들의 표정이 어둠 속에서도 밝게 빛나는 것 같았다. 물에 담그기 전에 마지막으로 뒤를 돌아보았다.

'내 나라여, 잘 있거라…'

하지만 수년간 정나미가 뚝 떨어져서인지 하나도 슬프지 않았다. 동료 가수들은 여전히 사회주의 타령을 하며 김정은을 떠받들며 노래를 부르겠지, 억지로 눈물을 짜내겠지. 하지만 윤미 동무만큼은 보고 싶었다. 어떻게 됐을까? 지금쯤 혁명화에서 돌아왔을까? 그렇다면 손향이 도강한다는 사실을 까맣게 모른 채 마찬가지로 기다리고 있진 않을까? 괜히 미안하고 서글퍼졌다. 수년 전, 봄향기 향수도 채 주지 못하고 헤어진 것이 마음에 걸렸다. 그동안 받은 것이 얼마나 많던가. 비단 물건뿐이 아니라 마음도. 평소에 윤미 동무는 손향을 '선배'라고 몰래 부르곤 했다. 남조선식 호칭이 류행일 때 잠깐의 일이다. 일제 카시오 시계를 차고, 일부러 그 말을 쓰고 싶어서 별일 아닌데도 '선배- 선배-'하고 불렀던 재간둥이 윤미 동무.

'윤미야. 우리 나중에 꼭 보자… 나 이제 간다… 엄마… 내가 꼭 데리러 올게.'

결심 품고 고개를 휙 돌렸다. 그사이 모두 건너갔다. 브로커가 손나팔을 대고 그들에게 나지막하게 소리쳤다.

"다들 가서 잘 사시오들. 나라 잃은 백성은 상갓집 개만두 못한 거 아이갔소? 껄껄."

그런데 놈이 하는 짓이 이상했다. 이 작자가 지금 세월 좋게 손이나 흔들고 있을 땐가?

"이보시오, 선생. 내 뒤 좀 봐주시라요."

그러자 브로커가 아까와는 다른 목소리로 말했다.

"아하, 동문 조금 이따가 데리고 갈 사람이 있소."

"데리고 갈 사람이라니오? 강은 안 건너고 누굴 만난다는 거예요?"

이미 반대편 강둑은 인적이 고요했다. 모두 떠난 다음이다. 덜컥 겁이 났다. 홀로 버려진 기분에 배신과 공포가 휘몰아쳤다.

"무슨 수작질입네까?"

"아, 기다리라니까 글쎄."

그렇다. 사기당한 것이다.

"중국 놈한테 날 얼마에 팔기루 했슴까?"

"중국 놈이 아니야."

"기럼요?"

"당에서 널 찾아."

"당에서?"

"너 남조선으로 도망치려는거 다 알았서 우에서. 나도 어쩔 수 없다. 원망하지 마라."

새벽 그늘이 그의 얼굴을 파랗게 비추었다. 날이 밝을 때까지 일부러 붙들어 맨 것은 결국 보위부에 넘기려는 수작이었단 말인가? 이렇게 끌려가는구나. 결국 죽는구나. 하긴, 도강이 생각처럼 쉬운 일이었다면 인민 모두가 이 지긋지긋한 구렁텅이에서 벗어났겠지.

이대론 안 되겠던지, 손향이 마음에도 없는 소릴 내뱉었다.

"이러지 말구 차라리 날 중국 놈에게 파시오. 죽어도 평양으로 못 돌아가요, 난."

브로커가 코웃음을 쳤다.

"흥. 평양이면 다행이게? 아, 난 몰라. 꼼짝 말구 기다리고 있으라구. 난 머 이러고 싶은 줄 알아?"

그 대가로 브로커는 뭘 보장 받았을까? 입당할 짬은 안 되고, 혹시 그동안 도강시킨 죄를 탕감 받는 걸까? 그가 누구를 찾는 듯 주위를 두리번거리는 사이에 손향이 냅다 뛰었다. 어디인 줄도 모르고 뛰었다. 우선 놈에게서 벗어나야 하니까. 죽을 때 죽더라도 이건 아니다.

탕!

그때 뒤에서 총소리가 울려 퍼졌다. 놈이 아니다. 저깁니다- 저기- 하고 외치는 걸로 봐서 손향을 쫓기 위해 당에서 보낸 보위원이 막 온 것이다. 주고받는 말소리가 들렸다.

"아, 왜 이제 나타나는 거요?! 리손향이 저 에미나이 도망갔잖아요!"

"빨리 찾아, 빨리!"

탕!

총성 한 번 울릴 때마다 심장이 바닥에 뚝 떨어지는 것만 같았다. 간신히 총알을 피했지만, 공기를 찢어발기는 그 진동에 맞은 것처럼 고막이 다 아팠다. 뒤에서 욕지거리가 쏟아졌다. 저주가 쏟아졌다. 입에 담지 못할 음담패설이 여과 없이 발사됐다.

탕!

탕! 탕!!!

"아…!"

고꾸라졌다.

풀썩…!

숨이 서서히 멎으면서 하늘이 보였다. 얼마 만에 보는 하늘인가. 아… 저 멀리 새가 날아간다. 이름 모를 새가. 비둘기일까? 비둘기였으면 좋겠다.

처음 김원균평양음대에 실기 시험을 보러 갈 때 부른 노래가 떠올랐다. 부모님과 할아버지께서도 보신 앞에서 당당히 불렀던 그 노래, 몇 년 전까지만 해도 동료 가수들과 함께 부르기도 했던 그 노래. 왜 손향은 그 노래를 유독 좋아했는지 이제야 알 것 같다. 날고 싶었으니까. 훨훨. 저 드넓은 하늘에서 자유로이 나는 새가 되고 싶었으니까. 진달래꽃 한복을 입고 뛰노는 자신의 모습이 저 먼 창공에 비쳤다. 손향의 노래가… 춤이…

푸르른- 하늘가에-

희망의- 나래 펴고-

한없이- 자유로이-

춤추며- 날으네-

비둘기야- 비둘기야-

더-

높이-

날아라-

16장

일주일 후

- 미쳤냐? 대륙바닥이 얼마나 넓은데 거길 뒤지게? 아, 됐고. 다신 전화하지 마. 넌 배신자야, 배신자. 뭐? 성공보수 좋아하시네. 그래서 성공했냐? 쥐방울만 한 애한테 다 털려놓고. 에휴, 누굴 탓하냐. 비자나 위조하는 놈을 믿은 내 잘못이지. 그래, 말 다 했다, 왜? 몇 살인지는 알아서 뭐하게? 아, 끊어! 나 일해야 돼!

저쪽에서 후배들이 주춤거리며 말 걸 타이밍을 찾는 것 같았다. 그 모습조차 권태롭다. 이곳을 다시 내 발로 기어들어 오다니. 전화를 끊은 걸 확인한 순경 하나가 대표로 다가와 물어왔다. 이번엔 네가 가위바위보에서 졌구나.

"최 경사님, 식사 안하십니까?"

"니들끼리 가."

'지금 내가 느긋하게 밥 먹을 때냐?'가 목 끝까지 치밀었지만 관두자. 쟤들이 무슨 죄냐. 하루 종일 인상 쓰고 있는 상관 눈치 보는 것도 짠한데. 그냥 되찾지 못한 밥그릇만 생각하면 체 할 것 같은 내 빈약한 위장을 탓해야지.

서울로 돌아온 뒤, 하루하루가 우울의 연속이다. 처음 서울에는 어디 아파서 한동안 못 나왔다고 둘러댔는데, 다들 의심의 눈초리로 수군거리는 소리가 다 들렸다. 불행인지 다행인지 다른 종류의 뒷담화였다. 내가 몰래 투잡을 뛰는 건 아니냐는 헛소리들 말이다. 그래, 말마따나 투잡이라도 뛰었으면 이렇게 억울하지도 않지. 내 속도 모르고 다들 다크써클이 왜 그렇게 짙냐며 피곤한 덴 다 이유가 있다느니 어쨌다느니. 젠장. 그래, 일확천금을 노린 내 탓이다. 마음껏 씹어라.

"아아아악!!! 그게 왜 내 탓이야!!!"

퇴근길.

차 안에서 혼자 소리를 버럭 지르며 통제가 안 되는 어린애처럼 몸을 광적으로 흔들었다. 이대론 안 되겠다. 정신의학과라도 가서 약을 처방받든지 해야지. 생각하면 할수록 부아가 치밀어서 돌아가실 것만 같다. 이게 다 애꾸 자식 탓이다. 아, 물론 그 전에 먼저 배신한 원 씨한테 1차 혐의가 있지. 하지만 근본적으로 보면 이게 다 김일성 때문이다. 분단만 안 됐어도 내 할머니가, 아버지가, 그리고 내 삶이 달라졌을 텐데.

빵!

빠앙--!

그나저나 차는 아까부터 막힌다. 내비게이션에서는 정체된다는 이야기가 없었는데. 사고라도 난 거야, 뭐야.

윙-

마침 인지에게서 전화가 걸려왔다. 아, 처량한 우리 그레텔. 백수 그레텔.

- 왜.

- 오빠, 둘째 고모한테 전화 왔어.

- 뭣 때문에.

- 뭣 때문에는. 할머니 사십구재 때문에 의논하려고. 오빠도 주말에 오래.

- 알았어.

- 그건 그렇고, 오빠…

- 뭐.

- 나… 냉장고 왔어.

- 냉장고?

- 응…

그때, 퍼뜩 떠올랐다. 얼마 전에 단둥역에서 말했던 그 냉장고!

"오빠 이거 어때? 연예인들이 쓰는 냉장고거든. TV에서 가끔 나온 건데 내가 눈여겨 봤어. 미국 거야. 엠마 왓슨이랑 패리스 힐튼도 집에다 이거 들여놨대, 대박. 나중에 결혼하면 혼수로 해 갈까? 천 팔백 밖에 안 해. 어차피 우리 금괴 생기면 천 팔백이 대수야? 히히."

- 진짜 샀어?

- 산다고 했잖아… 이미 계약금 걸어서 잔금 내야 돼…

- 북한 갔다 오더니… 너 제대로 미쳤구나.

- 어떡해?

- 뭘 어떡해. 퇴직금이랑 적금 깨서 내든가. 대책이 없어, 무슨 애가.

- 대책? 오빠 그렇게 대책 있어서 주식 말아 먹었냐?

그래. 네 입에서 그 얘기가 왜 안 나오나 했다.

- 아직 안 말아먹었거든? 내가 몇 번 말해? 팔지 않으면 희망은 있다고.

- 웃기고 있네. 아, 됐고 빨리 팔아서 돈이나 줘! 내 돈!

- 언젠 필요 없다며?

- 그건 금괴 찾았을 때 얘기고! 아, 빨리 돈 보내! 칠천만 원!

- 칠천…! 야, 나 배터리 없어. 나중에 전화할게. 끊는다…!!!

내 동생이지만 보통 정신 나간 게 아니다. 짜증 나서 휴대전화를 조수석으로 집어 던졌다. 여기저기 사방에서 신경질적으로 크락션을 눌러댔다. 나보고 어쩌라는 건지. 앞에서 안 가는데. 그리고 때마침 요란한 소리와 함께 렉카 두 대가 옆으로 쏜살같이 지나갔다. 저럴 줄 알았다. 사고 났네. 사고 났어.

급격한 피로감에 뒤로 몸을 묻었다. 힘이 빠졌다. 라디오에서 뭐라 뭐라 하는 소리에 볼륨을 높였다.

경기도 파주 임진강 하구.

이곳을 지나던 주민 김 모 씨는 물 위에 사람으로 추정되는 것이 떠오른 것을 보고 경찰에 신고하였습니다. 이어 출동한 경찰은 즉각 구조에 나섰지만 이미 부패된 시신으로 드러났습니다.

부패로 인해 신원 확인은 어려웠으나 옷차림과 시신 발견 지점이 군사

분계선에서 불과 8킬로미터 떨어진 지점으로 미루어 경찰은 북한에서 떠내려왔을 가능성을 제기하였습니다. 사망자의 나이는 초등학교 고학년쯤으로 보이는 남자 아이이며, 허름한 옷차림과 사망 당시 열악한 영양 상태로 꽃제비일 가능성에 무게를 싣고 있습니다.

'꽃제비.'

애꾸가 떠올랐다. 내 금괴 가방을 들고 튄 녀석이. 그 도둑놈이. 그 망할 새끼가. 제 엄마밖에 모르는 반푼이가. 가여운 아이가. 금괴 가방을 훔친 대가를 반드시 치르게 될 거라고 저주를 퍼부었다. 하지만 뉴스 속 꽃제비가 애꾸는 아니겠지. 녀석이 죽지 않았으면 좋겠다. 죽지 않고 살아서 나중에 언제고 내 손에 반드시 걸렸으면 좋겠다. 지금 만나면 싸움이 안 되니, 먼 훗날에 어느 정도 건강해진 상태에서 만나면 더 좋겠다. 그땐 싸워도 얼추 상대가 되니까. 반드시 죽사발을 내주든지 해야지.

집으로 돌아와 마저 짐을 정리했다. 언제고 주말에 고모들이 와서 할머니의 유품을 같이 정리하자는데, 괜히 좁은 집에서 다 같이 북적대봤자 좋은 소리 나올 것 같지는 않고 그 전에 내가 얼른 해버려야지. 그런데 영 정리할 맛이 나야 말이지. 플라스틱 배달 용기가 산더미같이 쌓인 현관 앞에 신발을 아무렇게나 벗어 던지고 거실 바닥에 벌러덩 누웠다.

금괴

백억 원어치

원 씨가 아침 댓바람부터 전화로 했던 말이 떠올랐다.

"내가 알아냈어. 애꾸 걔네 엄마 지린성에 살고 있어.

귀쑹이란 시골 마을인데, 거기 한번 가보자고.

걔가 가봤자 어딜 가겠어? 지 엄마 밖에 더 있어?

아, 이대로 포기할 거야?"

작은 시골 마을이라고 하니 정말 찾아갈까 싶다가도 영 의욕이 안 났다. 또 언제 거길 가서 동네를 샅샅이 뒤진단 말인가? 게다가 평양에서 벌인 촌극에 십 년은 늙은 것도 있고.

하.지.만.

십 년이 아니라 이십 년이 늙는다 해도 포기할 수 없는 액수다. 다시 원 씨에게 전화를 해볼까? 그 인간의 메신저 프로필 사진을 천천히 넘기며 생각에 잠겼다. 백두산 정상에 오른 사진, 임신한 동거녀와 닭백숙을 뜯는 사진, 어린 아들을 안고 눈사람 옆에서 찍은 사진, 새해 일출을 보는 옆모습, 나에게 총을 겨누던 그 개새끼에게도 이런 면모가 있었나 싶다. 그런 거 보면 인간은 참 입체적이야. 그나저나 이거 전화를 해? 말어?

휴대전화 충전 좀 할 겸 몸을 옆으로 돌려 콘센트에 연결하는데,

"……?"

누운 채로 고개만 돌려 보니 먼지가 가득한 소파 밑에 웬 통장 하나가 눈에 띄었다. 리모컨으로 당기듯 꺼내자 가벼운 먼지 뭉텅이가 함께 따라 나왔다. 할머니 명의의 농협 통장이었다. 평소에 고모들이 주시는 용돈을 비롯하여 통장이고 동전 지갑이고 여기저기 당

신만 아시는 구석진 데에 찔러놓곤 하셨는데, 나로선 뭐랄까? 횡재…? 하지만 최근 삼 개월 내역을 훑어보던 나는 가장 마지막 출금 거래내역에 오래도록 시선이 머물렀다.

"삼천… 만 원?"

날짜는 작년 10월 17일. 즉, 요양원에 들어가시기 전이다. 삼천만 원이라는 큰돈을 뽑을 만한 일이라면 분명히 나나 인지에게 상의를 했을 텐데, 아무 말씀도 없었다. 그러고 보니 장례식장에서 고모들이 삼천만 원- 삼천만 원- 하면서 쑥덕대던 게 떠올랐다. 그렇다면 고모들도 돈의 행방과 용처를 전혀 모른다는 얘기다. 그래서일까? 짐 정리하러 고모들이 집에 오겠다는 게? 참나. 그나저나 할머니는 이 큰돈을 왜 뽑았을까? 아! 답이 나왔다. 할머니는 보이스피싱을 당한 것이다. 어쩐지 작년 가을쯤에 유독 식사도 거르시고 멍하니 현관 밖을 내다보며 한숨을 푹푹 내쉬더라니! 결국엔 사기!

"할머니, 왜 그랬어… 말을 하지."

17장
아주 오래된 이야기

2024년 3월 중순. 국정원.

노을빛에 창문이 아름답게 물든 복도를 지나는 이 과장. 복도 맨 끝에서 우측에 위치한 조사실의 문을 열자, 목발을 짚은 노인 역시 막 들어왔는지 직원의 부축을 받으며 앉았다. 잠깐 신상기록을 봤는데, 90대 노인이란다. 늘 그렇듯이 외양은 볼품없다. 왜소하고 까맣다.

"영감님. 조사 시작하겠습니다. 긴장하지 마시고 질문에 잘 대답해주시기 바랍니다."

"예."

"탈북을 결심하신 경위는 어떻게 되십니까?"

"먹고 살기 힘들어서 왔지, 머가 더 있겠습네까?"

"태어나신 해는요?"

"28년."

키보드 위에서 한창 분주하던 손길이 뚝 하고 멈췄다.

"1928년 말입니까?"

"예."

"그렇게는 안 보이는데요? 대단하십니다. 그 연세에 탈북을 다 하시고."

"……."

"북에 계실 때 토대는요? 어떠셨어요?"

"더러웠소."

"더러웠다?"

"토대가 좋았음 목숨 걸고 여까지 왔갔소?"

"하지만 부자시던데요? 토대가 더러웠다는 거 순 뻥 아닙니까? 비결 좀 알려주시죠."

"허튼소리 마시오."

"자, 사셨던 곳은 여기가 맞으시죠?"

프린터에서 잔뜩 뽑아온 종이 뭉텅이 중에서 시골 풍경의 사진 하나를 손으로 가리키며 묻자 노인은 가만히 끄덕였다. 고향을 대하는 눈빛이 아니다. 지긋지긋하고 진절머리 나는 인간을 보았을 때 가깝다. 간혹 그리워서 눈물을 짓는 이도 있는데, 그건 두고 온 가족이 있을 때의 얘기다. 예상은 정확했다.

"가족사항은요? 부인이나 자제분에 대해 말씀해주십시오."

"없소."

"없다는 건?"

"다 죽었소."

"그럼 며느리나 사위 분은요?"

"다 죽고 없소. 사둔들도. 아, 말이 나와서 하는 말인데, 동네 어느 개간나가 하나 있는데… 아, 조국해방전쟁 당시에 남조선 포로를 북에선 그렇게 불렀소. 개간나라고."

"우리 국군 포로 말씀이시죠?"

"예. 그 개간나한테 딸이 하나 있는데 나중에 내 며늘아이가 됐소."

"그분은 한국에 돌아오지 못했죠?"

"사둔 말이요? 예. 그자가 경기도가 고향이라고 하는데, 경기도 쌀 맛이 최고라고 했다가 감옥에 끌려가서 죽었소. 한 마디루 난 사둔도 밸 볼일 없는 자리였다 이거지. 기카니 식솔 얘긴 그만합시다."

"저런. 손주는요? 손주도 없으시고요?"

"손자는 일찍 죽구 없구, 손녀랑 같이 왔소. 늙은이 혼자 어째 옵네까? 그 애 없었으면 못 왔을 거요."

"손녀분도 흔쾌히 따라오시던가요?"

"예. 저나 나나 토대가 더러우니 별수 있소."

"음… 그런데요, 영감님. 세상에 토대가 어디에 있습니까? 사람은 누구나 평등하게 태어나는데."

"아니올시다. 이만치 오래 살아보니끼니 평등? 기딴 건 없더이다. 사회주의에서 살다 온 나도 평등이 다 거짓부렁인걸 아는데, 어째 자본주의에 살면서 선생은 평등 평등 해대오? 없소. 기딴 건."

"없다고요? 그럴 리가요."

"맞소, 내 말이."

노인은 단언하듯 말했다. 확실하지도 않은 그의 말이 어쩐지 진리처럼 다가왔다. 이 과장은 궁금해졌다. 과거의 어떤 단련이 노인을 이렇게 만들었을까, 하고.

한 시간에 걸친 조사가 끝났다. 추후 하나원에서 나가게 될 경우를 대비하여 아파트 배정 문제와 보조금, 그리고 사회복지 서비스에 대해서 간략하게 설명했다. 그런데 어쩐지 말하는 내내 노인은 딴생각에 잠기는 듯했다. 조사실 문을 나서려는데, 노인이 소매를 잡았다.

"저… 국정원 양반."

"예. 무슨 하실 말씀이라도…?"

노인은 못다 한 말이 있다며 털어놓았다. 대부분 사적인 내용이었다. 아들이 살아 있었다면 올해 쉰한 살로 동갑이었을 거라고 했다. 넙대대한 얼굴에 부리부리한 눈을 가진 것이 꼭 죽은 아들을 닮았다며. 그러다 주책을 부려 미안하다고 횡설수설하기도 했다. 가만히 손을 잡아주니 손등 위로 노인의 눈물이 뚝뚝 떨어졌다. 눈빛에 총기가 가득하여 지식층 혹은 엘리트일 거라고 여겼는데, 조사 내용대로 노인의 토대는 상당히 '더러웠'다. 노인은 다소 진정이 됐는지 이어서 말했다.

"내 사실… 더 말 하고 싶은 게 있수다."

"어떤…?"

"좀 들어 주실라우?"

"그럼요. 얼마든지요. 말씀해 보세요."

"이건 아주 오래된 이야기요…"

노인은 아주 오래된, 그리고 조금은 긴 이야기를 시작했다.

* * *

아들 내외가 일 년 터울로 죽었다.

아들은 남파공작업무를 수행하다가 죽었다. 떠나기 전, 일제히 군 관들이 나와 '받들어 총'을 해준 의미를 나중에 알았다. 그것은 '죽으러 가는 너를 위한 마지막 예우'라는 뜻이었다. 불길한 징조대로 아들은 남한 땅은 디뎌보지도 못하고 가는 도중에 지뢰를 밟아 죽었다. 사람이 죽고 없는데 다 무슨 소용이겠냐마는 그래도 렬사증이 나올 줄 알았다. 하지만 헛된 바람일 뿐이었다. 아들이 남파를 택한 것은 조금이나마 출신성분이 더러운 이 못난 애비를 위한 길이었으니까.

딱 일 년 후에는 며느리마저 죽었다. 일평생 장군님밖에 모르던 것이 죽을 때 되어서야 무슨 생각에서인지 장군은 뒷전이고, 나한테 몇 번이고 일러주었다. 언제 어디에 가면 뭐라도 빌어먹고 살 수 있을 테니 아바님 그리로 가시오, 하고. 죽을 때까지 내 걱정만 했다. 손자도 이미 굶어 죽고 없는데도 재가하지 않고 날 깍듯이 모셨던 아이다. 딸 없는 내게 딸 같은 아이였다. 그런데 굶어 죽었다.

식구가 싹 다 죽으니 주변에서 하나둘 대문 앞을 기웃거렸다. 초 상난 집이니 뭐라도 먹을 게 있지 않겠나 싶어서. 그러나 먹고 죽을 래도 없다.

살아 복이 없으니 죽어서도 없단 말이 딱 맞다. 아들 내외의 무덤 이 장마에 떠내려가고 말았다. 하는 수 없이 어디께가 좋겠다 싶어 서 신주랍시고 나무 팻말에 이름 석 자 새겨 썼다. 그렇게 혼자 터덜 터덜 내려오며 내 심정은 이루 말할 수 없을 만큼 참담했다. 천지간 에 핏줄 하나 없이 살아서 뭣 하랴? 그래, 콱 죽어버리자.

그런데 이상하게 뒤에서 따라오는 발소리가 들렸다.

저벅저벅…

인적도 드문 궁벽한 마을에 웬 낯선 발소리일까?

저벅저벅…

일평생 죄인으로 살아서 그런지 괜히 내가 무슨 죄를 지었는고, 하고 어차피 죽을 마당인데도 가슴이 뜨끔했다. 혹시 죽은 아들의 공민증으로 배급을 받은 것이 문제였던가? 아니면 손자가 죽은 날 에 사둔댁에 그 사실을 알리러 가면서 그 딥에 있는 두부밥을 훔쳐 먹은 것? 그것도 아니면 또 내 출신성분이 문제란 말인가? 별의별 생각이 다 드는데 그 사이 소리는 더 가까워졌다. 내 뒤통수까지 따 라잡은 것이다.

저벅저벅…!

궁지에 몰린 쥐 신세구나, 싶어서 용기 내어 물었다.

"아, 뉘신데 자꾸 날 따라옵네까?"

상대는 역시 남성 동무였다. 나이는 마흔쯤 됐으려나? 싹 빗어 넘긴 머리에 감색 인민복을 입고, 얼굴이 기름으로 번들거리고 살도 디룩디룩 쪘다. 그러니 중국인이거나 보위부 간부가 틀림없었다. 그자는 묻는 말엔 대답도 않고 날 물끄러미 볼 뿐이었다.

"아, 누구냐구요?"

"이 영감이 맞나…?"

"날 아십네까?"

"저어기 23번지 맞지요?"

"……."

"전할 소식이 있어서 왔습니다."

사람이란 참 간사하다. 조금 전까지 죽음을 앞두고 있었으면서 날 데리러 온 저승사자 같아 무서웠다. 그자가 능글맞게 말했다.

"우리 여기서 이럴 게 아니라 좀 들어가서 이야기 좀 할까요?"

요즘 먹고 살기 힘드니 중국에서 인신매매를 하기 위해 강을 넘나드는 사람들이 있다고 들었다. 그런데 반송장 늙은이를 잡아서 뭣 하려고? 피라도 팔 생각인가? 그것도 아니면 일부러 아무 죄나 덮어씌워 쏠쏠하게 뒷배를 챙기려는 보위부원이라도 되나? 뭐가 됐든 간에 이놈이 나를 먹잇감으로 정했다는 생각이 들었다.

"썩 꺼져라, 이놈!!"

그 길로 줄행랑을 치는데 돌연 정강이에 극심한 통증이 밀려왔다. 고난의 행군 때 병이 난 손자를 업고 산을 넘다가 다친 한쪽 다리가 말을 듣지 않은 것이다. 그때 손자 놈이라도 살렸어야 했는데, 살리지도 못한 주제에 반병신된 다리만 여전히 달려 있으니 그보다 더 큰 한이 어디에 있겠는가?

"아이참, 영감님 미쳤어요?! 소리 낮추세요!"

어찌나 결이 나던지_{화가 나던지} 신고 있던 신발을 집어 던졌다. 그래도 소용없었다. 그놈은 끈질기게 좇아왔다. 드디어 집에 도착한 나는 얼른 들어가 대문을 재빨리 밀었다. 그런데 그때,

"아이쿠!"

하고, 그자의 두툼한 손이 불쑥 들어왔다. 말이 아이쿠지 얼굴은 싱글벙글 웃고 있었다. 그렇게 밀고 당기고 안간힘을 쓰는데, 사실 그쪽에서 나를 농락하는 축에 가까웠다. 그러더니 그 기름진 낯짝으로 작게 외쳤다.

"김! 사! 끝!"

"……"

"그분이 지금 한국에서 영감님을 찾고 있습니다."

"……"

"오빠라면서요? 막내 오빠. 맞지요? 김.삼.억."

문고리를 잡던 내 손에서 서서히 힘이 풀리자, 그자가 수월하게 안으로 들어왔다. 어린 시절 안채에 걸려 있던 성 모자(마리아와 예수)의 그림처럼 그의 머리 위로 후광이 비쳤다. 그는 담장 너머를 힐끔 둘러보더니 품에서 작게 접힌 종이를 꺼내 들었다. 그리고 거기에 쓰여 있는 내용을 그대로 보고 읽어 내려갔다.

"큰오빠 일억, 둘째 오빠 이억, 막내 오빠 삼억. 나는 딸로 태어나

서 사끝. 아버지는 경주 김씨 김판동. 평안도서 제일가는 갑부. 아버지한테 첩이 셋인데 아버지 죽을 때 다 도망가고, 오빠 위로 둘은 그때 다 죽고, 막내 오빠만 전쟁통에 행방불명됐는데 김삼억. 1928년 무진 생… 어릴 때부터 삼억 오빠랑 그렇게 가까웠음. 아홉 살 때 학교 철봉에서 떨어져서 크게 다쳤는데 오빠가 날 업고 병원까지 갔음. 그 거리가…"

"이십 리… 신양의원."

"당시에 의사 아들이 오빠랑 같은 반이라서 공짜로 치료해줬음. 그 아들램이 이름이…"

"무동이…"

"나중에 아버지 죽인 빨갱이 죽이러 간다고 집 나가더니 그 길로 코빼기도 안 보임. 1·4후퇴 때 나는 피난 왔는데, 오빠는 그때 죽은 것 같음. 우리 집 주소는 평양부 신양리…"

"4통 7반이오."

남자의 얼굴에 환하게 미소가 번졌다.

"잘 찾아왔네."

앞이 아득했다. 사람이 죽으면 그동안 살아온 날들이 좌악- 하고 다 펼쳐진다는데, 그 말을 알 것 같았다. 내가 벌써 죽은 걸까? 내 지난날의 삶이 눈앞에 펼쳐졌다. 정말이지 주마등처럼 말이다.

* * *

내 나고 자란 곳은 평안남도 평양부 신양리 4통 7반이다.

가물가물하게나마 내 유년 시절을 떠올리자면, 거기엔 언제나 학교 수업을 끝내고 집으로 향하던 어느 오후의 풍경이 있다. 3자 1녀 중 셋째 아들이던 나는 당시에 평양고보를 다녔다. 지금 와 말하자면 다들 어렵고 먹고살기 힘들 때 지주의 아들로 태어나 호의호식을 누리며 살았다. 북조선이 들어서서 타도해야 할 계급 일 순위인 그 지주 말이다. 집으로 돌아가 대문을 열면 제일 먼저 기도 소리가 흘러나왔다.

"은총이 가득하신 마리아님 기뻐하소서… 주님께서 함께 계시니…"

어머니는 하느님을 믿는 천주교인이었지만, 그것도 내켜야지만 나 갈 뿐 성당에 가지 않는 날이 많았다. 그런데 이따금 하루 종일 기도문을 외우는 날이 있다. 바로 아버지가 첩을 새로 들이는 날이었다.

"오빠!"

대문 안에 들어서 사끝이가 쪼르르 달려왔다. 하얀 카바 양말에 검은 가죽 가방을 들고 마당을 돌아다닌 걸로 봐서 막 학교에서 돌아온 참이었다.

"벼락 맞을 년이 또 생겼어!"

'벼락 맞을 년'은 주로 행랑어멈이 머슴하고 밥 먹듯이 놀아나는 자기 딸에게 하는 말인데, 사끝이 옆에서 못된 것을 배운 것이다. 아버지, 어머니가 듣기라도 한다면 크게 혼쭐이 날 일이기에 사끝이는 그래서 귀엣말로 작게 말했다. 지 딴에도 화가 난 것이다.

코를 찌르는 분 냄새를 풍기며 들어온 세 번째 '벼락 맞을 년'은 스물하나, 어느 퇴기의 딸이었다. 첩들의 나이는 갈수록 어려졌다. 처음엔 스물여섯, 그다음엔 스물셋, 이번엔 스물하나.

"삼억이 왔느냐? 와서 여 작은어머니께 인사 올려라."

빤질빤질한 대청 위, 아버지께서 장죽을 피우며 말했다. 옆에는 요란한 반회장저고리를 떨쳐입은 계집애가 부채질을 하며 날 내려다보고 있었다. 이미 큰형과 작은형은 인사를 여쭙고 각자 자기 방에 들어간 상태였지만, 난 어림도 없다. 나중에 사끝이가 말한 대로 우리는 형제 중에서도 유독 뜻이 통했으므로 나 역시 인사는커녕 아버지도 본체만체하고 안채로 먼저 향했다. 어린 첩 앞에서 체면을 구긴 아버지가 고래고래 욕을 퍼부으셨지만 내 알 바 아니다. 듣기론 내가 오기 전에 한 차례 사끝이가 첩의 거울을 부수고 머리를 잡은 걸로 육탄전을 벌였다고 한다.

"잘했다, 사끝아. 내일 또 그래라."

하고 부추겼다. 그런데 참 알다가도 모를 일은 그러면 잘했다고 칭찬은커녕 어머니는 도리어 우리를 꾸짖었다는 점이다. 사람이 경박하면 못 쓴다고. 그렇게 말씀하시면 고고한 자존심이 살아나는 것처럼 여기셨나 본데 세상이 변했다. 이제 남편이 새살림을 차리면 아내는 순응하지 않고 온 힘을 다해 반항하는 시대가 온 것이다. 어머니는 그저, 아버지의 재물로 외가 식구까지 편히 먹고 사니 그냥 눈 감아 주시는 것이다. 흰옷 떨쳐입고 앉아서 하등 쓸모없는 그놈의 기도문만 외우면서 말이다.

"어머니! 대체 아버지한테 배신을 당하고도 참는 이유가 뭐예요?"

"삼억아. 여 성경을 보거라. 예수님도 제자 중에 유다라는 자가 있는데 그 사람이 배신을 해도 다아 넓은 마음으로 감싸셨단다."

"배은망덕한 놈을 뭐 하러 감싸준대요?"

그리고 나는 홧김에 이어서 말했다.

"그런 놈은 초반에 싹을 잘라야 한다고요!"

사실 안채에 귀를 기울이고 있는 삼태 놈 들으라고 한 말이다.

난 아버지만큼이나 삼태가 싫었다. 눈빛도, 표정도, 우리 식구들의 말을 엿듣는 짓거리도, 가끔 혼자 웃을 때 일그러지는 입가도. 게다가 사끝이가 교복을 입고 등하교를 할 때마다 바위 뒤에서 훔쳐보는 뜻 모를 미소는 더더욱. 여러모로 녀석은 웃전 무서운 줄 모르는 놈이다.

우리 집안에서 대대로 부리던 노비의 수는 대략 칠십여 명이 되었다. 그중에는 이미 아버지께서 거나하게 취하시던 어느 날, 노비 문서를 불사른 덕에 해방된 내외도 있었다. 삼태는 그들의 아들로 나와 동갑이었다. 그들 내외는 해방된 후에도 지척에 살면서 여전히 우리 집엘 오갔다. 특히 잔치나 초상 등 무슨 날만 되면 와서 일을 거들곤 했는데 그럴 때마다 아버지는 그러거나 말거나 내버려 두셨고, 어머니는 그럼 못 쓴다고 품삯을 쳐 주셨다. 그게 문제였다. 삼태에게는. 어째서 아직도 부당한 신분제에 얽매여 사느냐고 제 부모에게 쌍심지를 켜고 대들었다. 간혹 술을 퍼먹고 난동을 피우기도

해서 마을 사람들이 몹시 미워했다.

그렇다고 놈이 아주 파락호는 아니었다. 인정하기 싫지만, 머리 하난 영특했다. 어느 날, 동네 똘마니들 모아놓고 땅바닥에 뭐라고 갈겨쓰길래 가까이서 보니 영어단어였다. 어떻게 아느냐고 묻자, 내가 버린 책에서 본 적이 있다고 머뭇거리며 대답했다. 게다가 일본에서 유학 중인 외삼촌이 보내주신 문예춘추(잡지)를 훔쳐 읽으면서 그 속의 프랑스 시를 외우기도 했단다. 녀석은 영민했기에 곧잘 나의 비교 대상이 되었다. 어느 날은 호롱불 밑에서 짚을 엮던 놈이 뭐라 뭐라 흥얼거리길래 엿들었는데 과연 놀라웠다. 도량형의 단위 변환을 외우기가 여의치 않으니 지 딴에 노랫말로 만들어 부른 것이다. 그걸 들은 아버지가 칭찬하시면서 눈깔사탕을 쥐여 주셨다. 그리고 막내, 그러니까 나한테도 알려주라고 이르셨다. 하지만 미리 밝혔듯이 삼태에게는 그것조차 '문제'였다. 어째서 자신의 지식을 단지 '상전의 자식'이라는 이유로 알려줘야 하냐는 것. 아버지는 우리로 하여금 서로 선의의 경쟁을 느끼게 하려는 의도였을지 모르나 당사자인 우리는 결코 그럴 생각이 없었다. 나는 나대로, 삼태는 삼태대로.

문제가 쌓이면 화근덩어리가 된다. 그리고 그것은 언제고 폭발하기 마련이다. 폭발의 시간은 생각보다 멀지 않았다. 1946년 12월. 기어이 일이 터지고 만 것이다.

한동안 보이지 않던 삼태가 팔뚝에 완장을 차고 마을에 나타났다. 뒤에는 몽둥이와 삽, 횃불을 든 무리를 이끌고 말이다. 아주 달라진 모습이었다. 이가 득실거리고 지저분하게 길기만 하던 머리는 짧게 자르고 찐빵처럼 눌린 인민모를 썼다. 이웃 아이의 것을 물려 입던 꼬질꼬질한 민복이 아닌 단추가 일렬로 곧게 달린 인민복까지 빼입었다. 그래서인지 키는 난쟁이 똥자루 같은 놈이 별안간 다른 사람이 되어 있었다. 그리고 천지가 뒤바뀌었다는 사실을 깨달았다. 녀석의 입을 통해.

"일제 부역자, 김판동이를 끌어내라! 여기 썩을 만큼 넘쳐나는 재물들이 전부 우리 인민의 고혈이다!!!"

그렇게 아버지는 마을 느티나무에 매달려 사정없이 두들겨 맞아 돌아가셨다. 병술년 동짓달 초사흗날이었고, 향년 륙십 둘이셨다. 누구도 애석해하지 않았다. 안타까워하는 이보다 뒤 구린 지주 놈! 이라는 말에 수긍하는 이가 더 많았다. 총독부 사람들을 불러 이따금 잔치를 벌이고, 마을에 전기 좀 놔달라고 와이로(わいろ, 뇌물)를 갖다주고 막 그랬으니 친일파라고 몰아세웠다. 아버지가 놓은 전화로 부모의 부고 소식을 전해 듣고 장례를 치른 뒷집의 아무개도 돌을 던졌다. 아버지의 권세에 붙어 처자식을 먹여 살리던 아무개도 욕을 했다. 사끝이가 입지 않는 옷을 물려받던 옆 마을 아무개도 손가락질을 했다.

그날 밤, 두 형도 잇따라 목숨을 잃었다. 큰형은 뒷문으로 도망치다가 그 자리에서 발각되어 총에 맞아 죽었고, 작은형은 용케 산으로 피했는데 결국 죽창에 찔려 죽었다. 지금 생각해도 까무러칠 만큼 놀라운 것이 뭐냐면, 마당까지 질질 끌려온 작은형의 옆구리에서 내장이 다 쏟아진 것이다. 거기서 김이 모락모락 났다. 결국 눈이 뒤집혀 숨을 헐떡이다 죽었는데, 그걸 본 어머니는 그만 혼절해 버렸다. 사끝이도 울며불며 살려내라고 난리를 쳤다. 첩들은 모두 도망을 치고, 일하던 자들은 잘 됐다는 듯이 집안 살림을 거덜 냈다.

그렇게 폭풍이 지나간 집안은 '멸망' 그 자체였다. 그때 내 나이 열아홉, 사끝이는 열일곱이었다. 서러움을 삭일 새도 없었다. 얼마 안 되어 북조선임시인민위에서 결정되었으니 따르라면서 집이고 땅이고 모두 빼앗아 갔다. 농민에게 돌려준단다. 문전옥답은 처음부터 우리 가문의 것이었는데 왜 알지도 못하는 농민들에게 주어야 하냐고 묻자 원래 토지는 농민의 것이니 잠자코 지시에 따르란다. 5동보 이상 가진 자는 모두 쫓겨났다. 우리는 20동보, 그러니까 6만 평이나 있으니 그걸 고스란히 빼앗기고 멀리 쫓겨났다.

결국 어머니까지 화병으로 돌아가시고 말았다. 생전에 *"내 밑에서 빌어먹고 살 때는 다들 나를 크게 알더니, 이제 사정이 이만해지니 다들 날 무시한다."*고 말해 내 마음을 아프게 했다.

조촐하게 장례를 치르던 밤.

"오빠. 어쩜 좋지. 이제 우린 고아야…"

"난 인제 복수를 하러 갈 거다."

"그럼 나 혼자 어떻게 살라고?"

"이 철딱서니 없는 것아! 너는 우리 가족이 다 죽었는데 분하지도 않아?"

그리고 이튿날. 발길이 차마 떨어지지 않던 나는 대문을 나서다 말고 사끝이의 어깨를 잡고 힘주어 말했다.

"너. 오빠 말 명심해."

"응."

"세상천지 어딜 가나 개 유다 같은 놈은 꼭 있기 마련이다. 순진하게 살지 말란 뜻이야. 기껏 거둬줬더니 삼태 놈이 우리 집에 한 걸 보면 모르겠냐?"

"알아."

"이 오빠가 그 새끼 모가지 가져올 테니까 조금만 기다려."

그리고 돌아서려다가 다시 마음이 안 놓여서,

"함흥에 사는 큰아버지가 너 학교 관두게 하고 일 시키려고 해도 절대 하지 말고."

"응."

"외삼촌이랑 외숙모가 너 시집보내려고 해도 절대 가지 마. 부모님도 안 계시는 이 세상천지에 이제 믿을 거라곤 너랑 나 둘뿐이니까. 돌아오거든 내가 널 아주 큰 부잣집에 시집 보내주마."

"시집은 됐으니 오빠나 금방 와야 해, 알았지? 나 혼자 무섭단 말이야."

사끝이는 동구 밖까지 뛰어오며 배웅했다. 지금 와 고백하건대 마음이 변한 사끝이가 울면서 가지 말라고, 복수고 뭐고 하지 말고 우리끼리 살자고 소리치며 뛰어온 것을 나는 외면했다. 복수가 먼저라고 생각했으니까. 사실 그래선 안 됐는데. 그때라도 다시 사끝이에게 돌아갔어야 했는데…

그 후, 시간만 덧없이 흘렀고, 난리가 났다. 1951년. 1·4후퇴_{중국의} 개입으로 국군과 유엔군이 서울 이남으로 후퇴한 사건가 터진 것이다. 서둘러 집으로 돌아 왔을 때에는 그 넓은 기와집이 폭격을 받아 쑥대밭이 된 채로 텅 비 어 있었다.

"사끝아!! 사끝아!!! 오빠가 왔다!"

아무리 불러도 대답이 없었다. 혹시 죽었나? 하고 무너진 기둥 더 미를 뒤져봐도 보이지 않았다. 혹시 인민군들의 겁탈을 피해 목숨을 끊었나? 싶어서 마을의 우물이란 우물을 다 들여다보고 소리치고 다녔다.

"사끝아! 어디에 있어?! 오빠가 왔다니까!"

끝내 찾을 수 없었다. 하는 수 없이 이웃집에 가보니 거기엔 피난 도 못 간 한 노인이 마루에 오도카니 앉아 있었다. 노인이 날 보더니 대뜸 꾸짖었다. 중공군이 북치고 꽹과리 치면서 쳐들어오는데 어쩌 자고 어린 누이를 혼자 버려두었냐고. 니 누이는 진작 떠났다고. 어디 로 떠났느냐고 묻자 그 순간 어디선가 쓩- 하니 날아온 총탄에 노인 이 픽 쓰러졌다.

머리 위로는 쌕쌕이_{F-86전투기, 엔진 소리 때문에 쌕쌕이라고 부른다}가 살벌하게 날 아다니고 검은 연기가 하늘을 뒤덮었다. 나도 그 뒤를 따라 떠나려 했지만, 추후를 알 길이 없었다. 그렇게 긴 시간이 흘렀다.

"오빠가 꼭 올 테니까 기다려. 부잣집으로 시집 보내줄게."

나는 그 약속을 칠십 년이 넘게 지키지 못했고, 사끝이는 칠십 년 이 넘게 나를 기다리고 있다고 한다.

저 머나먼 남녘땅에서 뿌리를 내리며.

* * *

"전 브로컵니다. 한국으로 탈북시켜주는 브로커. 삼 개월 전에 연락이 왔습니다. 김 할머니께서 영감님을 남조선으로 모셔 왔으면 하고요."

"나를 어째 찾았답니까?"

"우리한테 다 정보통이 있어요. 좌우간에 그동안 코로나 때문에 국경 상황도 안 좋고 일도 밀리고 하느라 좀 늦었네요."

"저… 그런데 여비가…"

"돈 걱정은 하실 필요 없습니다. 이미 김 할머니로부터 비용을 받았으니까. 자, 일단 지금 결정하실 필요는 없고, 일주일 후에 다시 찾아오겠습니다. 그때까지 생각 정리 잘…"

"아니오! 지금 대답하갔소!"

"예?"

"갑시다!"

"가신다고요?"

"예! 지금이라두 따라가리다!"

이제 보니 저승사자가 아니라 나를 살려주러 온 명의였다.

며칠 후를 기약하고 그가 대문을 나서자 온몸에서 한 번도 느껴보지 못한 힘이 마구 솟았다. 살아야 할 이유가 생겼으니까. 그래,

희망, 희망이 생겼으니까! 사끝이! 사끝이가 살아있었다니! 사방 천지 아는 사람도 없는 그 먼 남조선으로 어쩌다 흘러가서 살게 되었을까?! 혼자 얼마나 외롭고 힘들었을까? 세대주_{남편}는 부자를 만났을까? 듣자 하니 자식은 무려 여섯이나 낳았다고 하는데, 조카들은 어떻게 생겼을까? 내 존재를 알고 있을까? 손주들도 주렁주렁 많겠지. 집안에 해가 뜨는 것 같았다.

그리고 며칠 후, 브로커가 다시 찾아왔는데 예기치 못한 소식을 전했다.

"이거 어쩌죠? 아무래도 경비가 삼엄해서 당분간은 건너기 힘들 것 같습니다."

"갑자기 무슨 일이오?"

"상황이 지금 여의치 않게 돌아가고 있어요. 때를 봐서 다시 오겠습니다."

브로커의 입에서 나온 말은 뜻밖이었다. 사실은 얼마 전에 관광객을 가장한 미국인 기자가 몰래 평양 지하철에까지 잠입하여 멋대로 영상물을 촬영하다가 적발되었다고 한다. 게다가 국적 불명의 종자들이 평양에 잠입하여 보위원을 상대로 손전화를 갈취하는 등 노략질을 일삼았다고. 그 일로 말미암아 크게 격노한 김정은이 조·중 국경 감시는 물론 탈북자 단속에 보다 더 열을 올리고 있다는 얘기다.

"기럼… 저… 전화라두 하게 해주시오! 보니까 건너건너 아는 사람은 남조선에 간 가족하고 전화두 합디다! 목소리라두 듣게 해주시라요."

"그건 좀 힘듭니다. 김 할머니께서 지금 요양원에 계시고 몸도 편찮으셔서…"

"머요?! 지금 머라구 했소?"

"요양원에 계시다고요. 편마비가 오셨다는데 자세한 건…"

"아니! 지금 내 누이가 늙은 부랑자들이나 간다는 수용소에 있다, 이 말이오?!"

"수용소가 아니라 요양원이요."

"자식들이 여섯이나 된담서 어째 한 넘도 제 오마닐 건사하는 것이 없단 말이오? 분명 선생께서 머라 했소? 남조선은 살기 좋다지 않았소? 긴데 남조선에선 지들을 낳아준 부모를 그리 하대하라고 가르칩데까?"

"아이, 영감님…"

"이 갈아 마셔도 션찮을 것들! 아이고, 사끝이 불쌍해서 어쩌나! 어쩌나! 초년 운이 박복하더니 말년에 기어이 팔자를 조졌구나! 이게 다 나 때문이다! 나 때문이야!"

"진정하십시오. 진정."

"안 되갔소. 나라도 가서 내 누이랑 오순도순 정답게 살다 죽을라오. 내 원이요, 원! 기러니 좀 도와주시오. 내 만나믄 이것들을 가만두지 않으리다!"

"하는 수 없네요. 워낙 완고하시니."

"도와주시는 거지요?"

"예. 이렇게 합시다, 영감님. 3월 2일에…"

그러다 브로커는 말을 하다 말고 웃옷 안주머니를 더듬더듬하더니 손전화를 꺼냈다. 그가 누군가에게서 걸려온 전화를 받는 동안 나는 나대로 마음을 졸였다.

- 웬일이야? 네가 평양엔 왜 있어? 뭐? 애꾸는 왜 찾아? 몰라 임마! 그리고 비자 위조하다 걸린 지 며칠이나 됐다고 멋대로 굴어? 내가 당분간 근신하랬지?

전화를 끊은 브로커가 다시 이어서 말했다.

"이렇게 합시다, 영감님. 이틀 후인 3월 2일에 중국 쪽에서 외국인들이 단체 압록강 유람을 할 겁니다. 그때 뭐라도 얻어먹겠다고 국경에 있는 사람들이 구경을 많이 나갈 거고요. 그렇게 되면 경비대원들이 그쪽에 신경을 쓰느라 구멍이 생기는 구간이 있습니다. 그때 아니면 기회는 영영 없어요."

잘 안다. 당장 죽어도 이상할 것 없는 내 나이가 념려_{염려} 되어 하는 말이란 걸.

"기때 넘잔 말이오?"

"네. 강을 건넌 다음부턴 서성이지 말고 바로 앞만 보고 뭍으로 뛰어야 합니다. 하실 수 있겠죠?"

"해봐야지요."

"해봐야지요, 가 아니라 무조건하셔야 합니다. 잡히면 영감님이나 저나 그날로 끝입니다, 끝!"

브로커는 대강 어디쯤에서 만나자는 구두 약속을 한 뒤에 돌아갔다. 나는 바로 중요한 물건 몇 가지를 보따리에 쌌다. 죽은 아들 내외의 사진, 그리고 이젠 휴지 조각이 되었지만 옛날 우리 김씨 집안의 호적과 땅문서, 그리고 만일을 대비하여 칼도 챙겼다. 목숨을 걸기로.

* * *

드디어 3월 2일 새벽.

노구를 이끌고 몇 날 며칠을 걸었다. 속도전 가루_{강냉이 가루}를 개어 낸 물을 조금씩 나눠 마시면서 도착한 압록강 인근.

쏴아아- 하고 부는 바람에 웃자란 잡초가 일렁였다. 그것마저 나를 도와주고 있는 것 같았다. 작은 몸을 숨기기에 안성맞춤이었으니. 그러나 경비를 서는 군인들의 감시가 보통 서슬 퍼런 것이 아니어서 안심할 수 없었다. 몇 해 전에는 일가족이 모두 도강을 하다가 총에 맞자 떼거지로 둥둥 흘러갔다고 들었다. 개죽음만은 피하자.

나는 어디에 잠복하고 있을지 모를 경비대원의 눈을 의식하여 태연하게 낚시하는 척 물만 바라보았다. 물론 수상쩍게 여긴다면 늙은이가 아침잠이 없어 나왔다고 둘러대면 그만인 일이다. 압록강이 저만치 흐르는 가운데 강섶에 죽 이어진 갈대가 심란하게 흔들렸다. 브로커를 기다리며 오만 생각에 잠겨 있는 그때, 예견치 못한 총성이 올렸다.

탕!

탕탕!

소스라치게 놀라 몸을 낮게 숙였다. 나를 죽이러 왔구나! 살며시 고개를 들어보니 저쪽에서 군인 하나가 총대를 메고 어딘가로 마구 뛰어가고 있었다. 반대편엔 또 다른 남자가 있었다. 혹시 저 남자를 잡으려고 가는 걸까? 싶었지만 아니었다. 둘은 한패였다. 남자가 군인에게 소리쳤다.

"아, 왜 이제 나타나는 거요?! 리손향이 저 에미나이 도망갔잖아요!"

"빨리 찾아, 빨리!"

총성이 가시고 한참이 지났다. 어딘가에서 바스락 소리가 들렸다. 조용히 가슴에 품은 칼을 손에 쥐었다. 이제 모습만 드러내면 찌르든 긋든 공격할 준비를 하는데, 어째 형체는 보이지 않고 바스락 소리만 들렸다. 그 소리가 가까워질수록 심장이 철렁했다. 바들바들 떨리는 손을 뻗었다.

"가까이 오디 말라…!"

잠시 후, 어떤 얼굴이 새벽 달빛에 드러났다. 온통 땀으로 젖어 번들거리는 새하얀 이마. 웬 처녀. 년령(年齡)은 이십 칠팔쯤 먹었으려나. 안도와 함께 미간이 찌푸려졌다. 분명히 어디서 봤는데. 누구더라.

"할… 아바지?"

"날 아시오?"

금세 터오는 동에 처녀의 얼굴이 조금씩 환해졌다. 아! 이게 누구야? 일전에 아들 내외의 신주를 묻고 내려오는 산길에서 나쁜 놈들

에게 봉변을 당할 뻔한 녀인여인을 구해준 적이 있었다. 이름이 리손
향이라고 했던가? 그런데 그 처녀동무가 왜 여기에?

"맞소?"

그이가 고개를 세게 끄덕끄덕했다. 돌연 반가움이 일었다.

"이런 세상에!"

"할아바지 무슨 일루 여기에 있어요? 설마 강 건너실려구요?"

"아니, 나는…"

"잘 됐어요. 같이 가자요, 할아바지."

"동무두 강 건널 생각이 있소?"

"여 있어봤자 죽기밖에 더합네까?"

"긴데 왜 저번 날부터 쫓기구 있소?"

"말하잠 길어요."

"차암 팔자 한번 사납구려."

저번 일을 덩달아 상기시키는 질문이었으나 손향은 자조하듯 희
미하게 웃으며 대답했다.

"사납기룬 할아바지도 마찬가지 아입네까? 며느리 손에 따순 밥
상 받을 연세에 이 다 뭡네까? 내래 브로커한테 속았어요. 나를 당
에 넘기려구 했어요."

"저런 망할 새끼!"

"얼른 도망가야 해요. 다시 날 쫓아올 거예요."

"어디루 갈 생각이오?"

"남조선으루 가야지요!"

"응! 맞소! 갑시다. 나두 브로커가 저쪽에서 기다리구 있댔소."

"정말 잘됐구만요."

그렇게 서로 작심하고 앞으로 내달리는데 돌연 뒤에서

탕!

하고 총성이 다시 울렸다. 총에 맞은 건 나였다. 형언할 수 없는 고통이 빠른 속도로 온몸을 훑었다. 코앞에 강물을 두고선.

"어악…!"

"할아바지!"

손향은 제 바짓단을 죽 찢어 내 무릎에 칭칭 감았는데 손이 사시나무 떨듯 발발발- 하고 떨고 있었다. 이미 눈은 혼이 나가 있었다. 어찌나 아프던지 차라리 이 다리를 절단했으면 싶었다. 죽은 형들이 떠올랐다. 총탄으로 벌집이 되던 큰형과 죽창에 찔려 죽은 작은형이. 얼마나 아팠을까. 얼마나 고통스러웠을까. 대관절 전생에 무슨 죄를 지어야 우리 형제들이 이 같은 무간지옥을 겪을까?

"이거 안 되갔소."

"머가요?"

"그냥 혼자라두 가시오. 난 틀렸소. 이거… 둘 다 죽게 생겼지 않소."

"아니오. 같이 갈 검다."

"말 들으시오."

"어째 두고감까? 할아바진 제 은인이신데요. 기카구 이 상태룬 개죽음밖에 더 기다림까? 자, 어서 저한테 기대시라요. 브로커가 온담서요? 브로커만 만남 됨다."

손향은 내 팔을 제 목에 두르더니 그대로 이를 악물고 뛰었다. 사실 두고 가도 할 말은 없지만 정말 날 두고 갈까 봐 얼마나 마음을 졸였는지 모른다. 같이 가자는 말에 눈물이 왈칵 난 까닭은 다행이라는 심정이 솔직히 반이요, 그렇게 해서라도 살아야겠다는 구차함이 서글퍼서가 반이었다.

탕!

탕탕!!

첨벙! 첨벙! 그러다 고꾸라지고, 다시 일어서 첨벙! 첨벙! 그 거무죽죽한 강물에 흥건한 핏물이 흐르는 것을 보자 현기증이 나면서 다리에 힘이 풀렸다. 첨벙! 그만 물속에 넘어지고 말았다.

탕!

총탄이 물속을 헤집으며 거대한 물살을 일으켰다. 그리고 잠시 뒤에 다시 총성이 울렸다. 그 간격이 조금 긴가 싶을 땐 안도감보다 두려움이 앞섰다. 얼마나 신중하게 겨누려고 저러나 하고. 총성이 울릴 때마다 손향은 깜짝깜짝 놀라면서도 내 팔은 결코 놓지 않았다. 오히려 그럴수록 꽉 잡았다. 그 압박이 의지가 되었다.

어느덧 뭍이다. 헉! 하고 호흡을 고를 새 없이 손향이 나를 잡아끌다시피 하며 기슭을 올랐다. 푹 젖은 옷이 물귀신처럼 물고 늘어졌다. 어쩌다 뒤를 돌아봤는데 순간 내 눈을 의심했다. 승냥이 같은 보위원 하나가 급기야 이쪽으로 건너오는 게 아닌가? 엄청난 속도였다. 첨벙! 첨벙!!! 군복 바지가 허벅지까지 젖도록 우리를 향해 돌격해 오고 있었다.

"이 민족 반역자덜!!!"

그의 고함이 메아리가 되어 퍼졌다. 등골이 오싹했다. 그러더니
다시

탕!

손향이 두 손으로 귀를 감쌌다. 그러나 그에게서 난 총성이 아니
었다. 우리를 쫓아오던 보위원이 한순간에 고꾸라진 것이다. 그의
시신이 대(大) 자로 엎어진 채 유유히 휩쓸려 떠내려갔다. 그리고
저 멀리 보위원 수십 명이 달려오는 모습이 보였다.

마침 무사히 중국땅에 들어온 우리는 비로소 얼싸안고 울었다. 손
향이 날더러 할아버지- 할아버지- 하면서 구슬프게 우는데, 나도 그
이가 꼭 내 손녀 같았으니 참 이상한 일이지. 사람 인연이라는 것이.

손향은 브로커가 올 때까지 내가 죽을까 봐 무서웠던지 몰래 물
가로 내려가 굴러다니는 바가지에 물을 담아왔다.

"할아버지 드시라요."

그런데 바가지를 내밀며 이마에 땀을 훔치는 모습이 마치 오래전
부터 알던 얼굴 같다. 텔레비죤에 자주 나오는 가수라서 그런 걸까?
아니다. 사실 손향의 얼굴은 자꾸 나를 칠십 년 전, 그날로 데려갔
다.

1946년 12월. 바로 그날.

군데군데 널브러진 살림 집기들이며, 텅텅 빈 곳간, 부서진 문짝,
그리고 확 끼친 피비린내.

삼태는 피칠갑을 한 죽창으로 내 학생모를 휙 낚아채더니 그대로 마당에 집어 던졌다. 그 바람에 학생모에 붙어 있던 고(高)자 장식이 떨어져 나갔다. 녀석이 비웃음을 흘리며 도발했다.

"어이! 반동분자 새끼! 어디에 숨어있다 이제야 오는 거야?"

"이, 이 은혜도 모른 놈! 어떻게 우리 가족들을…!"

"은혜? 무슨 은혜?"

"노비 방면을 해줬더니 이따위 짓을 저질러?! 네 놈이 사람 새끼냐!"

"언제부터 내가 너희 노비야? 그러는 너희는? 그동안 호의호식한 재물은 다 어디서 났는데? 생색낼 게 따로 있지. 도둑놈 심뽀는 니 놈 애비랑 별반 다를 게 없구나?"

"천한 머슴 새끼 주제에!"

"아직도 웃전 노릇을 하시겠다?"

"네 증오심은 우리 아버지를 향한 거다. 그런데 어째서 죄 없는 형들까지…!"

"아비가 반동이면 자식도 반동이야. 몰랐어?"

"그래? 그렇다면 어디 나도 죽여보시지?! 나도 반동이다! 이 빨갱이 새끼야!"

삼태는 단숨에 나를 죽일 수도 있었건만 어찌 된 영문인지 총과 몽둥이를 내려놓고 나와 맨손으로 엉켜 싸웠다. 그러나 오래가지 않아 녀석이 우위를 점하고 나를 깔고 앉았다. 난 공부나 할 줄 알던 비쩍 마른 샌님이었고, 녀석은 오랜 시간 전쟁과 노동으로 단련된 몸이었으니 결과는 뻔하지 않은가.

"그래! 죽여라! 죽여서 만고의 역적으로 남아라! 그런다고 머슴 새끼가 달라지냐? 퉤!"

녀석의 주먹이 부들부들 떨렸다.

"당장에라도 나는 널 갈기갈기 찢어 죽여 버릴 수 있어. 그런데 왜 살려두는지 아냐? 왜냐하면… 왜냐하면…"

녀석의 핏발 선 눈에는 어느새 눈물이 그렁그렁 맺혔다.

"내 누이가 널 좋아했으니까."

"……"

"네놈 아비에게 첩으로 팔려 가는 순간에까지 널 마음속 깊이 좋아했으니까."

뜬금없는 소리에 말문이 막혔다. 나를 좋아했단다. 놈의 누이가. 학교에서 돌아오는 길에 종종 마주치던 삼태의 누이가 떠올랐다. 허리께까지 닿는 긴 댕기 머리를 살랑이며 물 양동이를 이고 가던 그이가, 내 쪽을 힐끔힐끔 보던 그이가. 나는 뭘 보냐며 쏘아붙이기도 하고, 때론 무심코 지나가기도 했다. 아버지의 첩으로 들어간다는 이야기를 듣기 전날엔 그이가 내 방 책상 위에 올려놓은 아카시아 꽃다발을 마당에 내동댕이쳐서 기어이 울리기도 했다. 그런데…

"널… 널 마음에 두고 있었다고."

"……"

"그러니 평생 죽은 내 누이에게 고마워해라. 이 반동분자 새끼야."

삼태는 내 코앞까지 갖다 대던 주먹을 맨땅에 내리쳤다. 그리고 이를 악물고 그대로 돌아섰다. 마당을 나가면서 미친개처럼 고래고래 질러댔다.

그런데 왜 지금 손향의 얼굴에서 놈의 누이가 떠오르는 걸까? 오랜 시간 잊고 살았던 그 얼굴이 왜 이토록 선명하게 그려지는 걸까. 냇가에서 빨래를 하다가도 내가 지나가면 쳐다보던 그 눈빛, 그리고 내게 버들잎 하나 띄운 물을 건네면서 짓던 그 희미한 미소. 손향은 똑같은 미소로 내게 바가지를 건넸다.

"날래 드시래두요. 이러다 쓰러지시갔어요."

"참으로 고맙소. 우리 손자도 굶어 죽지 않고 지금까지 살아 있었더라면 동무 또래가 됐을 텐데…"

"손녀라고 생각하십쇼. 저두 할아바지라 여기갔습다."

"생사기로에서 팔자에 없는 손녀가 다 생겼구만. 기래, 이것두 인연인데 내 손녀 합세다."

"예, 할아바지."

"동무도 내려가서 목 좀 축이구 오라."

"하지만…"

"아, 걱정 말래두. 나 악착같이 살아있을끼니."

호흡이 가빴지만, 사실적으로 한 말이었다. 난 반드시 살아야 했다. 내 누이를 보기 위해서라도 절대 눈을 감을 수 없었다. 손향이 몇 번이고 나를 돌아보더니 내려가 물을 마시는 동안 나뭇 기둥에 기대어 무릎을 살폈다. 피, 시뻘건 피가 손에 질퍽하게 묻어 나왔다.

행여라도 들을세라 입을 틀어막고 울었다.

손녀… 손녀라…

문득 손자가 죽던 때가 떠올랐다. 기어이 죽을 운명이었던지, 평소엔 옥수수 몇 알만 주워 먹어도 좋겠다는 놈이 그날은 갑자기 고기 타령을 했다. 아홉 살이었다. 배고파서 울지도 않았다. 지금 생각해보면, 웃는 법을 모르니 우는 법도 몰랐던 것 같다. 도무지 떠올리려 애써도 이젠 손자의 얼굴이 떠오르지 않는다.

더는 앉아있을 힘도 없어 뒤로 몸을 눕히려는데, 머리에 툭, 하고 무언가가 걸렸다. 웬 돌무더기 옆으로 웬 다 쓰러진 달구지가 눈에 띄었다. 달구지가 이동에 도움이 될까 물끄러미 보고 있는데 문득 그 밑으로 팽개쳐진 가방 하나가 눈에 들어왔다. 그리고 가방 틈. 아침 해가 떠오르면서 그 미명에 빛이 반사되었다.

"……?"

금? 금이다! 그런데 강변에 금이 있을 리가 있나? 그러나 아무리 벽촌의 늙은이라 하더라도 알건 다 안다. 이렇게 보나 저렇게 보나 금이 확실했다. 일정(日政) 때 우리 아버지도 딱 이런 금덩어리를 집안에 쌓아두고 사셨으니까. 마른침을 꿀꺽 삼키고 떨리는 손으로 양을 가늠했다. 얼마인지 환산조차 할 수 없이 많았다. 어째서 금이 여기에? 하지만 불현듯 스친 건 이것만 있으면 남조선에 가서 우뚝 일떠서는 건 문제없을 거란 희망이었다. 제일 먼저 사끝이를 늙은 부랑자 수용소에서 빼내어 남은 삶을 함께 살 수 있을 것이다. 사끝이와 함께…

"할아버지!"

그때 저만치서 손향이 기슭을 올라오며 입가를 훔쳤다. 그래, 나에겐 이제 손녀도 있지! 내 손녀!

"어서 가자요!"

손향이 환한 미소를 지으며 올라오는 걸음을 보챘다. 저만치에선 브로커가 드디어 모습을 나타냈다. 약속 시간이 된 것이다. 살았다…!

"오냐! 가자! 같이 가보자!"

북한 용어 설명

가두녀성 : 전업주부

결이 나다 : 화가 나다

경무원 : 헌병

공민증 : 북한의 신분증

공훈배우 : 북한에서 예술인들에게 부여하는 국가 영예 칭호

광명성절 : 김정일의 생일로 북한의 공휴일

교화소 : 형무소

굴간 : 굴 속

녀인 : 여인

년령 : 연령

념려 : 염려

단물 : 단 맛이 나는 음료

딸따리 : 손수레

랭동기 : 냉장고

력사 : 역사

련습 : 연습

로동당 중앙위 : 조선노동당 중앙위원회. 조선노동당의 최고지도기관이다

로력 : 노력

로씨야 : 러시아

롱질 : 농담을 하는 행위

류학 : 유학

률동 : 율동

리혼 : 이혼

만경봉 92호 : 북한의 여객선. 2018년 삼지연관현악단 예술인들이 이 배를 타고 왔다

말밥 : 구설수

변방대 : 자국의 국경에서 탈북자를 체포하는 중국 군대

보안원 : 경찰

보위부(원) : 북한 내 반체제 동향을 감시하는 기구(에 소속된 자). 2016년에 국무위원회가 신설되면서 국가안전보위성으로 이름이 바뀌었다. 그러나 지금도 보위부라고 부르는 사람이 많다

봄향기 : 북한의 화장품 브랜드

부족점 : 단점

비방울 : 빗방울

빨치산 : 김일성과 항일독립운동을 한 세대

설기빵 : 카스테라

세대주 : 남편

속도전 가루 : 강냉이 가루

올방다리 : 양반다리로 북한 감옥에서는 하루 종일 앉아 있어야 하는 형벌

우습강스럽다 : 우스꽝스럽다

위생실 : 화장실

저가락 : 젓가락

조국해방전쟁 : 6·25전쟁

쩐주 : 돈주, 북한의 자본가

총화 : 북한에서 실시하는 상호 비판으로 주민통제의 수단으로 쓰인다

평양노랭이 : 지방 사람들이 평양 특권층을 비꼬아 부르는 호칭

하루살이양말 : 스타킹

혁명렬사릉 : 북한의 국립묘지로 빨치산(항일운동가)들이 묻혀 있다

혁명화 : 북한에서 간부나 예술인 등 공인들이 강제 노역을 받는 처벌

후날 : 훗날

10호 초소 : 도로마다 설치된 보위부 검문소. 통행증을 제시해야 한다

북한의 예술단

공훈국가합창단 : 조선인민군 소속 남성합창단

모란봉악단 : 2012년에 만들어진 경음악 밴드

삼지연관현악단 : 2018년에 일시적으로 만들어진 악단으로 강릉과 서울
에서 공연한 바 있다

왕재산예술단 : 김정일의 지시로 만들어진 북한 최초의 경음악단

청봉악단 : 2015년에 김정은의 지시로 만들어진 악단